U0933193

踏入同一条河流

陆岸 著

長江出版傳媒
长江文艺出版社

2024 年嘉兴市、桐乡市文化精品工程重点扶持项目

陆 岸

1974年生，浙江桐乡人。中国作家协会会员。诗歌自媒体“一见之地”的创办者。作品见于《人民文学》《诗刊》《十月》《当代》《星星》《诗潮》《雨花》《西部》等刊，入选《天天诗历》《中国诗歌年度精选》《中国当代诗歌年鉴》等数十种年度选本。著有诗集《煮水的黄昏》、诗合集《无见地》。曾参加《诗刊》社第十六届“青春回眸”诗会。

水的诗学

——序陆岸诗集《踏入同一条河流》

◎霍俊明

陆岸的这本诗集《踏入同一条河流》最为集中和直观地展现了“水的诗学”，无论是从诗集的题目还是到各个小辑的构成都是以水为基本元素的。至于陆岸的与水无关的诗，不在此次讨论范围之内。显然，这种生活背景和地方性知识直接参与的诗歌带动了文本的精神分析势能。这印证了空间、环境与诗人的关系不是外在的，而是时间的空间化和想象性的结果，诗人必须通过时间和空间的坐标确立个人的位置。诗歌既是地方之物又最终成为语言之物和普遍之物，尤其是关于河流的诗歌具有不可言说的力量，具有不容辩白的精神牵引力，“一条河流穿过大地，它会俘获这个世界，并加倍回报。那是一个变幻不定、银光闪烁的世界，比我们习以为常的安居之地更加神秘。”（奥利维娅·莱恩《沿河行》）。

众所周知，水是空前复杂的时间和物质的混合体。水绝对不只是自然之物，它还对应了社会史和人的心理结构。天上之水、地上之水以及身上之水（泪水、汗水、血水）、心中之水融合成陆岸的语言视界和精神场域，在凝视与流动的时空体之中他也顺便建立起蔚为壮观的水的乌托邦或异托邦，“提起人造的河流 / 必然是汗水 / 必然是眼泪 /

必然是奔涌的血脉 / 在东方，汗水和泪水尤其如此”（《古运河》）。

值得注意的是陆岸对水的书写体现了方法论意义上的格物精神和求真意志，这进一步印证了诗歌不是单一维度的历史回声和记忆反刍，而是从水中听见万物以及自我的回响，水也成为精神乃至灵魂意义上的现象学的载体。水，天然地具备人类原初的精神元素。水是伟大的回音装置，它既释放自然能量又具有魔力般的吸纳和覆盖能力。水是一个巨大而明亮的镜像，似乎可以让人在倒影中看清一切；但是它又是一个个晦暗的翻卷的充满了吸力的漩涡，同时它还是深不可测的带有天然的令人惶惶不安的心生畏惧的磁场。“如果说夜里在水边的恐惧是特殊的恐惧，那是因为这是一种具有一定领域的恐惧。它十分不同于在洞穴里、在树林里的那种恐惧。它没那么近，没有那么密，没有那么固定，却更为流动。水上的阴影比陆上的阴影更为活动。”（加斯东·巴什拉《水与梦：论物质的想象》）

水实际上是另一种精神意义上的血液，尤其对于诗人、族裔和田野考察者来说更是如此。陆岸一次次凝视着水并试图一次次踏入同一条河流，这种精神的融入或对峙也对应了时间所带来的影响的焦虑。作为熟识的水——比如故乡的水、城市中的人工湖以及诗人反复抒写的河流，诗人则很难受到更为显豁的刺激，更容易在熟视无睹中将水视为常识或经验之物，这时所产生的诗歌也容易在日常惯性中被消解掉。对于诗人来说，他的责任或要义就是要去除日常化的表层浮土，就是要对常识和经验予以重新的掂量或重构，不可接近和抵达之物、不可见之物和未知之物更应该成为诗人凝视或探询的中心，而这也是对诗人精神能力、观看方式以及世界观的重大考验，“平原的湖面旁侧有突兀构成 / 麻鸭的叫声和我各行其是 / 清风拨动水中之月 / 一个熟悉风景的人深陷其中 / 湖心岛如此不可接近 / 仿佛神下在透明棋盘上一颗决然的弃子 / 我爱那些不可接近之物”（《美学原理》）。诗歌如果要承担记忆的功能就必须祛除“风景化”的写作惯性，必须深入事物隐秘的内部和暗处纹路，诗人必须通过浮土和表层发现事物以及场域甚至时代的内在动机和启动机制，必须通过事物和现象学的还原说出真相。

流水显然更为直接地对应了中国诗人“万古愁”式的精神图式或命定逻辑，“就像现在，雨声渐止 / 一个对月怀人的人，站了良久 / 这无垠的大地洗净了悲欢”（《暴雨与明月》），“雨水时节就要来临 / 为了这永恒的生活 / 我们的日子都在命定的设计中”（《鹏鹛》）。水也更容易激活一个诗人个人化的历史想象力和求真意志，四季更迭、时序轮转、世事兴败都在一波又一波的流水中以梦幻泡影般的形式被追溯、反刍，“千年巨变呀，不变的只有运河水 / 这伟大的河流 / 用一个永恒的大拐弯 / 把深爱她的人一直 /深深搂在怀中”（《印象石门》）。

驻足凝视是每一个人面对逝者如斯的流水时所产生的经典动作，这一凝视是探询、回溯与叩访同时到来的过程，个人的渊薮在这里得以映照或消解，“早晨的奔忙已逝。黄昏的聒噪 / 还未到来 // 而我现在，就站在 / 饥肠辘辘的灰

鹭不远处 / 轻轻展开翅膀”（《灰鹭》）。当物和主体不再区隔的时候，“庄周梦蝶”或物我一体的时刻也就诞生了，这时候所有的生命体和物象都来到了天地之间的同一个起点，无高下之分，也无永恒与短暂之别。水成为印证人心世相的最好的场所，这是天然的镜子也是幽暗的深渊。与此同时，水并不是被动的参照物和观照物，水像是巨大的容器对人起到了反哺、塑形作用，它作为单向度的流逝之物又具有无比的酷烈性，对人发挥了规训、反噬的作用，“平静的水面犹如平静的生活 / 也有看不见的钩子和暗流 / 而我注视这河边的暮晚 / 冬日是那么安静、博大又慈悲 / 仿佛一个鲜红的浮标 / 站在暮色的水中 / 渐渐下沉渐渐入定/世间有多少尾鱼 / 像我，仅仅张了张嘴 / 又从看不见的一日之钩中 / 侥幸游过”（《未钓者》）。世事如流，身无长物，所以人总会在短暂性的存在中浩叹或伤怀，“如今，那个人早已离我而去 / 给我一握之感的 / 不是生命的柔软和涨满 / 不是流水 / 不是流沙 // 是世间 / 没有一样东西 / 可以握得住”（《一握之感》）。

水不只是时间的象喻或镜像、空闻，它实则另一种火焰或灰烬，它无时无地不在烧灼着你的神经。河流两岸，河流之上和河流之下，它们一起构成了一个复杂的空间。这个空间既是平静的又是喧嚣的，既是明亮的又是晦暗的，既是利于万物的又是毁灭众生的。非常可贵的是陆岸在构建他的水的诗学的过程中并没有成为单向度或沉溺型的抒情主义者或感伤主义者，他更多是作为一个综合性的观察者、回溯者、言说者以及自省者，“一条过去多年的山中溪流／正被一个专注于往事和尘土的人／轻轻捶打，捶打不停”（《城市河埠头的洗衣妇》）。

在陆岸这里，各种水的形态、精神指向以及人工湖、湿地、植物、动物、岛屿、桥梁、栈道、河埠、街道、建筑、遗迹、废墟、器具、风物等周边事物都携带了强大的象征功能，“这些固态的遗留物呈阶梯状／正是历史高温煅烧之余烬”（《沙埠青瓷》）。与此同时，它们又有时时地淬炼、淘洗人的心性、品质、意志的功能，“而流水又何来孤独／有木栈道抚慰着她的走向／有虚幻的天空和云影／有刻意栽培的芙蕖/那朵朝天的红花鲜艳／她的波浪在众人面前／叠了一层又一层／／在夏日的注视中／只有越来越低矮的阴影／始终追随着你／那也不是孤独”（《孤独拆解》）。在陆岸这里，水以及周边之物成为共置的历史精神、时代动力、生命意志的底片和显影液，成为生命意识、文化秩序、社会结构、情感依据的精神场域，成为以水为关键词的梦书或时间之书。

物象之水、时间之水以及精神之水都成为陆岸诗歌当中的永恒元素，个体主体性、精神渊薮以及思想势能都在这里得到不断的融合或弥散。这与其说是时间维度不如说是精神维度、生命维度，这也必然是想象的行动力所致，是一直精敏关注和深度凝视的结果。

大梦大觉，一个诗人仍将站在水岸抒写属于他也属于这个世界的“水的诗学”——

那些裸露的岩石，和满山的草木

见证着来来去去的人们，和他们变幻的命运
我站在其间，一颗微不足道的尘埃漂浮

万物在大化中，我们只不过是一瞬的光影
这秋日的海边，用登高又教会了我一种生活

——《秋日过东海灵岩》

2025年4月写于北京

霍俊明，河北丰润人，诗人、批评家、传记作家，曾任中国作协创研部研究员，现任《诗刊》社副主编，编审。著有《转世的桃花：陈超评传》《显微镜下的孟浩然》《九叶传》等，译注《笠翁对韵》、评注《唐诗三百首》，编选《夜雨修书：陈超和他的朋友们往来书简》《天天诗历》等。

目　录

第一辑　暴雨与河流

第二辑　运河的倒影

第三辑　春水不可追

第四辑　河流从远处奔向人群

后记

第一辑

暴雨与河流

野樱桃

野樱桃
低
垂
我真想
抓上一把
在你手心的夜空里
星星一样颤动

这黑暗的
柔软的抽泣

冬日的光芒

处在斗室，光芒是有形的
直线、块状，或者是弧形
宇宙里穿破黑暗穹顶的明亮物
被你的窗户、窗帘和门框
然后是墙壁、橱柜……
人间的俗物一再塑形，阻挡

你会不由自主走到室外
冬日开阔，败叶纷飞
一切负重落在时间的底部
这或明或暗的大地
无限的太空射线包容了你
所以光芒并非虚无

明亮处也是具大小、分场合、有容器的
像眼睛睁开，收藏了万物
冬日微芒
正无私地照进井底

割草机

割草机在草坡上走动
死亡带着床笫的香气

是谁的头颅纷纷滚落
大地如此划一

南归的雁阵正在摆放
虚空有庄严的秩序

多像一面危险的旗帜
多像我不顾一切地爱你

马上就要秋天了
草木的悲伤也这么整齐

栅　栏

栅栏是多么虚空无用
血肉是透明的，骨节是中空的
只能拦住直来直去的人群
拦不住流水，拦不住风
却整日里张开空空的双手

我常常靠着栅栏往远处望
远处的群山此起彼伏
他们也在张望我

而风正从山林穿越而来
她穿越过我

仿佛我也只是栅栏
也拦不住什么
我也是空的

野荞麦

野荞麦开时
偶尔你会回到田垄上
父母仍在那里劳作
弓身的影子
被田埂拉长
伴随远风起伏

现在。你又在华灯下踉跄
流连于热闹市井
到底是谁分不清
来路和去路

顾影自怜的人常会注视镜中
而镜中人去了又来
有时是黄昏迟迟
有时是梦醒之后
闪电之爱苦短
闷雷之恨迂回

韶华总在追悔莫及时奔流
你总是在死去后喜新厌旧

蚕　豆

从小爱一些坚硬的事物
比如用榔头击打核桃
小刀在竹子上刻上自己的名字
遇见不平与恨事
又常常上牙抵住下牙

现在也是如此
比如隔三岔五仍去买一些新炒的蚕豆
试一试我的牙齿还能否轻松地粉碎它们

“你怎么爱吃这种没营养的东西!”
“对，正因为没营养，
无意义，我才爱它们……

像这个世界一样
被压扁，但圆润又坚硬……”

暴雨与明月

我拥有过无数明月
但我最想拥有今晚这一轮

她在乌云中初升
雨滴替月光敲击窗户
雪白的躯体在密集的大雨中隐没
因为这个日子，我会不停眺望

雨声还是不停，夜色却比往日更亮
因为这个日子，才有今晚这轮隐身的明月
才有不见明月巨大的等待

暴雨如注，这不会浇灭明亮的欲火
光明仍会在她的轨迹运行
她就在不远之外的云层
我想起很久以前库车那个高挂的圆盘
她一动不动地滚动在孤寂的群山之上

所以日子不可能长久完美
明月也并非暴雨可以阻挡

就像现在，雨声渐止
一个对月怀人的人，站了良久
这无垠的大地洗净了悲欢

光线与灰尘

让晨光照进房中
房间干净、静谧
可光线里站满了细小幽微的东西
光线外又看不见

这总是让我恍惚
总是想起林间的一个早晨
也同样是一些光线照耀进来
一切仍那么干净、静谧

只有高耸的树林
和偶尔的鸟鸣
只有澄澈的空气
一颗站在林间光影里

硕大的暗物质
正像呼吸着光芒的灰尘

一握之感

夜读《买盐路上的随想》
读到韩东“生命常给我一握之感”
我忽然被这句话拽紧——

那一年，有个人被我紧紧一把握住
我的手心全是青春与汗水
那个人低低地细若蚊语：
我的命，今生被你一手掌握！

如今，那个人早已离我而去
给我一握之感的
不是生命的柔软和涨满
不是流水
不是流沙

是世间
没有一样东西
可以握得住

印象柳树

又看到河边那棵柳树了
故乡农民的一种
折枝可栽。随处可活
粗糙黝黑的躯干。皲裂的皮肤
总是弯着腰。低眉顺眼
春来时开淡绿色毫不起眼的花
不忘酝酿“针尖上的蜜”①

如今立夏。那些微不足道
毫不起眼的白色柳絮又随风而去
对落脚点毫不选择呀
我眼前这个“披头散发的老父亲”②

仿佛一个中国农民
一直爱钉在
他出生的这块土地上

---

① 引自雷平阳的《亲人》，柳絮是柳树的种子，而柳花之花苞呈针形，其上有花蜜。

② 引自张执浩的《高原上的野花》。

空椅子

你
就是门口那把椅子
那把等待着你入座的椅子
等待着你坐在自己身上
慢慢地坐下来
如同住进了一颗处子之心

等待的时间就刻在那里
静静地
像妇人脸上的容颜
又像那把椅子
沟沟壑壑条条框框
空气穿过门外的阳光
白昼像正想迈进来的你一样苍白

时间的影里
有人深深叹了一口气
你急急忙忙坐下来
坐在自己身上
椅子上空无一人

苦丁茶

先是经历雨水
把开春就露头的希望掐掉
再是迎风流泪。架起温热之镬
有人伸出粗粝之手
或木柄铲辗转
期待的人还在西南边地
风热。头痛。想念的牙齿松动
我有不见一个人的文火和煎熬

上大人。你万千愁肠的方子找到了
一味药是苦
另一味药还是苦
我要的甜
在生活的滚烫中翻腾

大雨将至。且看她——
慢慢。青中变黄

火焰一种

昨日说起火焰
你虚构一堆篝火
让篝火在操场上载歌载舞
我却搭建那一年的灶膛
新劈的干柴
不断被吞噬，一根又一根
往事总如火中取栗
两堆大火从未熄灭
如今还在眼前燃烧

只是我们的板栗早已取走
只是时间转换了地点
现在。你的火焰
是灯丝里的火焰
暗夜里发灼目的光华
不再噼啪作响

而我的火焰
它深深藏匿
藏匿在——
我半生的火柴盒里面

美学原理

在湖边散步
远处的高楼光影明灭
总如不切实际的幻影
天色渐暗，我却浑然不觉
山水画需要浓墨与留白
平原的湖面旁侧有突兀构成
麻鸭的叫声和我各行其是
清风拨动水中之月
一个熟悉风景的人深陷其中
湖心岛如此不可接近
仿佛神下在透明棋盘上一颗决然的弃子
我爱那些不可接近之物
也爱季节一再认输重来
一年的桃花梨花雪花泪花

一个多么悲伤的美学原理
一再重生又一再遗弃

生活拆解

有时候你会早起
为了一个无意义的目的
早起的道路呈现指向性的灰白色
这时不会有人跟你打招呼
空旷是一种莫大的安慰剂
远处熟悉的群山真是安静
熟悉的安静真好啊
它们在前方延迟了黑夜的退却
有一刹那，你会觉得你的生活
也在退却，也需要一再延迟

就要路过一片城郊的阔叶林了
你不会关心这个季节的落叶
你从中独自穿过
会不会有一只乌鸝
也在黑暗中陪着你振动翅膀
悬铃木无声地晃动它幽灵般的果实
很多果实落了一地
落了一地的果实也是无意义的

群星依然在天上闪烁

而生活的月亮只有一个
你在车上握着方向盘忽然掉泪
没有人能够在副驾驶座上
轻轻　拍拍你的手臂

孤独拆解

你说喜欢孤独
那仅是一种镜像、一种空闻
就像鸟儿不会容忍静谧
灰鸽子总在头顶上叫个不停
应和者寥寥
但总有小石子飞掷，力尽，跌落
在不远处的河心

而流水又何来孤独
有木栈道抚慰着她的走向
有虚幻的天空和云影
有刻意栽培的芙蕖
那朵朝天的红花鲜艳
她的波浪在众人面前
叠了一层又一层

在夏日的注视中
只有越来越低矮的阴影
始终追随着你
那也不是孤独——

有事的人不会独自坐下来
不会轻轻掸去长椅上的灰尘

宽容书

荒野还剩下什么
狗尾草和野火不约而同
在风中摇曳

天空还剩下什么
梧桐叶展翅
与落日一起离开枝头

远方还剩下什么
你在站台
使劲朝我挥手

月亮每次都会落到
一个边陲小镇
即将到来的雪，那么大动静

月光宽容了失眠的人
大漠浩荡
宽容了一叶孤舟

水杉和香樟

河畔有两排高大的树木
一排是水杉，一排是香樟
两种树，品性多么不同
水杉笔挺正直，却在
细枝末节上更善于争抢
它们齐刷刷地把枝丫伸向一侧
为了那更阔绰的空间
更充裕的阳光雨露
香樟则显得沉稳豁达
即使南侧最偏僻的那些
也努力按照自己的秉性
向四周生长，形状并不好看
但香气如此内敛长久
不让一只虫子来侵扰
无论生前和死后

水杉和香樟
多像两个
我们身边的朋友

苦楝树

苦楝树到处有
是不是苦楝树带了一个“苦”的名字
春天，苦楝树也辛苦开花
苦楝树开浅紫色的一树小花
人间有多美
秋天，苦楝树也结累累的果
苦楝树结浅绿色小枣子一样的果
人间有多苦

苦楝树身边热闹，除了风来雨来
那么多鸟，在身上来来去去
像苦苦恋着苦楝树——

这一树的苦果
人间那么爱美又嫌苦的热闹

幸好有树下那些小孩儿
他们春天来看浅紫色的小花
秋天来捡小枣子一样的果

幸好有这些浅绿色小弹丸

不吃她的鸟啊

被小弹丸一次次打飞

一次次打中

太阳系

你以为太阳系是一个旋转餐桌
你想吃哪道菜
你的筷子就能够准确地指向哪儿
其实她是一个你梦中的女郎
她正在飞速逃离你的视线
带着那些围绕她转的男粉
你连一个旁观者都不是

所以你只有继续往上，往上
你想看得远一些
能够看见她的背影
一览众山小
那仅仅是自己把自己拔高
只有夜晚
打开窗户，看见闪烁
和那些一闪不见的
你才真正接近浩渺的深爱的真理
你的太阳系呀
她正在逃离

在你的窗台上

露珠正按照既定的律令

悄悄凝结

而你仅仅是旁边的一粒微尘

正被风轻轻吹去

迷　途

把蛛网架在了路灯之下
这蜘蛛该有多喜欢光明
于是，光明有了黑暗的企图

诱饵和陷阱
多么迷人
光明在静待黑暗的降临

多么迷人的光明呀
它在黑暗中织就了光芒四射的罗网
而我一个人
仰着头
一只固执的飞蛾
已迷失在
弃暗投明的路途中

物语四则

烟　囱

大地向天空竖起了中指
一个不会疲软的图腾
硬邦邦地说着废话
空气里充满火星

遗址或废墟

用残缺的躯体来证明曾经有用
用有用的残缺来证明已经废墟

枝　丫

向天空伸开双臂
是爱心的拥抱
还是挥舞着求救
一棵木讷的树暴露了分歧

井

水多深

你心里一直有底

天多大

你一眼就能够框起

大风歌

大风，你刮走我吧
你一定要刮走窗台上的灰尘
刮走街道上的落叶
你要把广场上那么多沙子也扬起来刮走
工地，那么多头发被你揪起
简易棚四周荒草萋萋东摇西倒
被你刮得孤苦无依
你要使劲儿地把它们统统刮走

大风
你一定要
刮走昨晚隔壁女人的哀哭
刮走那半夜的呵斥和婴啼
刮走一个城市明明暗暗
只照鬼不照人的灯火

大风，
你刮走我吧
像飞沙走石时最先刮走的那块
孤零零的石头

皂荚树

很久未见皂荚树了
仿佛许多已很久未见的朋友
我的衣服上曾留过她淡淡的香味
而这棵郊外的树已无人知道她的名字

也许无用，就容易被遗忘和废弃
比如这条古老而失去功能的河流
比如这些河埠头摩擦风声的野草
捣衣的青石板长满青苔
为爱的人来到河边的年月
过去实在太久了

而我爱这些久远的无用之物
爱皂荚树高挂枝头无用的洁白
除了金色的失败的叶子，三只乌鸫也在枝头
它们张了张翅膀下的雪。没有这些
它们也将日渐被弄错它们的名字

这条无人的道路因为日渐无用而安静下来
冬日微薄地照耀我
不下雪的冬日也是无用的

这些无用之物让人有小小的欣喜

就像眼前这些晶莹剔透小小的肉体
在失去庇护的枝头
微微摇晃，微微发抖

清水词

水至清则无鱼
但干净的水
不是用来给你养鱼的
有人搅浑了水
只想浑水摸鱼

而流水不腐
你看
多美的人间风景——
一脉见底的小溪
一场洁白的大雪
像这不断喷涌的清白泉

我们来沏一壶清茶
便足以抚慰平生

灰　鹭

河边的槐树林静谧
一只灰鹭和它的影子掠过水面
去了又回

午后的涟漪都是缓慢的
早晨的奔忙已逝。黄昏的聒噪
还未到来

而我现在，就站在
饥肠辘辘的灰鹭不远处
轻轻展开翅膀

每次水面有浪花起
我都想纵身一跃，扑入水中
尽管我并非一只灰鹭

——它在水中，我在碗中

䴙 䴘

雨水即将来临
夕阳的湖面茫茫又开阔
一只孤单的䴙䴘
从水的这头一个猛子钻到遥远的那头

春日迟迟、饥饿，它的小爪子
在看不见的暗流里深陷
我的身前，水杉林拥挤
一群归巢的大鸟正在穿过

那些早晨向光亮处飞奔的
又要往黑暗里返回了
万物茕茕，又不得不发出响动

雨水时节就要来临
为了这永恒的生活
我们的日子都在命定的设计中

空见寺

空见寺很空
槐树高过菩萨
石板路早已被剃度

不是黄道吉日
放生池里的水中物
它们应该还在网中

久违了，施主
这样的日子不多了
师父对三根香作揖

多么空荡的人间
慈悲的木鱼
用敲击掏空了自己

屠宰场

屠宰操作台上
惨叫声惊天动地
白刀子进红刀子出

近在咫尺的猪棚内
一片进食声
欢快又平静

腌制品

一大块肋条，已不带体温
在盆子里躺下来
被厚厚的盐浸没
一小块土地就此进入冬季
柔软的逐渐僵硬
鲜红的变得暗红
腐败的时间经过晾晒
被一种统一的白色所固定

而盆外的腌制者，也被一格一格分开
街道，房屋，办公室
铁制的窗口，温暖的床
分别被一一加固
他们同样晾晒在风中
一些暴露的伤口
同样撒上盐
他们也渐渐僵硬
一个个不再说话
一个个被风干

幸福的获得

这条漂亮的鲈鱼
被死死按在血淋淋的砧板上
鱼鳞正被一大片一大片刮下来
它大张着嘴又在徒劳抗议些什么
另一边的锅里，水渐渐沸腾
螃蟹们拼命抵抗着漆黑锅盖
它们挥舞的钳子多像《国际歌》的歌词

呀，多么幸福
我们油光满面的生活
就是这样
一天天
从那些无法言说的砧板
从严严实实的高压锅中

获得

最高意义

我们每一个人
都是另一人的道路、桥梁和出口

人蒙恩的最高意义
就是人能够像人一样
在人间行走

第二辑

运河的倒影

春日过马家浜

冲积平原上，江南的春日
透过赭红色的高墙
光线的明暗构建着厚重与镂空
七千年的历史张力
新石器瞬间有了巨大的时空造型
长江、钱塘江、茅山、天目山
再往东就是茫茫大海
玉玦、玉璜、足豆、牛鼻型器耳罐
荒烟蔓草正被人缓慢拨开
他们重新挥起石锛、石钺
木中的祝融，燃起大地围坐的篝火

茅屋前的水泊有了绿意
她躬身采摘低洼中的新菱
那时鸬鹚正从一爿独木舟上醒来
菱角还未圆润，后世的南湖还未命名
盛血的陶器粗陋又刚刚手制
泥条盘筑法初始成型
一件红色陶衣
在窑炉中艰难烧成

是什么正从远古的树梢越过头顶？
万年的银杏长出点点新绿
茂密的丛林喂食着象群
土坑中的遗骸重见了天日
白骨竟如此不朽，瓦釜竟永远沸腾

我们轻声路过久远的马家浜
为什么春天那么古老？
为什么麦田辽阔那么青青？
弯腰的先人从泥土里长出新肉
那么多王
正从墓葬中一个个起身

杉青闸

船过秀水，水就趋缓
古老的分水墩还在
前面忽然水杉青青
一道十八米宽隐约的遗迹
这时水静止了，堤岸便成了镜中之影

黄昏降临。风从河底升起
我们总会提及繁忙的漕运
提及下闸落帆
提及那些被河流冲淡的姓氏
拉长的船歌不再耳闻
小皇帝的出生啼哭与樯橹声也早已散尽
而一队队的蛇形船影依稀

也应是一日黄昏吧
我的孤帆会落于闸下
斗笠上满是尘雪
那道青黑色的闸门仍在吃力升降
河边石阶的一侧布满了撞击的凹痕
而另一个我站在更远处
看见自己

一粒沙砾

已卡在某个闸孔多年

血印寺记

司宪牌坊的西立柱
因历史从碧漪坊移到了运河边
黄墙碧瓦前，同样重建的三塔
在河水不远处倒映

立柱上那位五百年守寺的僧人一直倚石而立
是何人用鲜血刻画了一个忠义救人的侧影？
地方志上倭寇肆虐之火早已被扑灭
某些乱箭的箭镞穿透了时间
只要闭眼就能够看见
它们射过无辜者身体后仍铮然有声

我久久端详这花岗岩天然的红褐色纹理
可疑的光线与历代之雨水
呈现的变化深浅不一
在石头上那个无比坚固的影子面前
没有人无动于衷再侧耳倾听科学的真理
一个慈悲和大义的江南寺庙
用了一个无法抹去热血的石头记命名

月河叙事

从月河逛月河街是首次
我们下船
午后看到街名那个“月”字
只觉时间尚早
秀水兜街，坛弄，蒲鞋弄
古街有鱼骨状的清晰肌理
在金鱼院的老墙根下，一位长须者
编着古老的绳结
一座拱桥横在丝绸与酱油的气味之间
真真老老的四角粽应该还未煮熟
有人在楼上收衣，那挑起红裙的竹竿似落非落
我在年轻的吆喝者面前驻足迟疑
她便要推开雕花门，又摇了摇头轻轻合上
回到临河的茶馆坐下
我们看静静的月河绕城奔流
可惜菱角还未上市
那菱也从未有角
而当我们无所事事返身
月河街仿佛站成了一排相送
仿佛这条弯弯的新月之水
有了更深的倒影

落帆亭

运河上我看到了
李清照的落帆亭
“落帆亭下春衫薄”
她泊船时天气未春
河边拴船的柳树还未绽出新芽
当船工落下孤帆
有人说起途中的沉船
说起桅杆折断的北方夜晚
说这话时应该是江南的黄昏
亭角的风铃在空中铃铃作响
她站在一个人的落帆亭上
回头看那同样孤身而来的运河
一轮呜咽的南渡红日双脚已在水中
她青衫瑟瑟

我也在船上站立良久
只为等一阵
也许并不存在的轻咳

观音桥的春日

一个江南的小村庄，沉浸
在大年初三的暖阳里
立春已过了多日
大地正在返青

道旁的柳树看上去似已枯死，
仿佛一个旧梦
它的枝丫上挂满了别人的果实
它不可能醒来再长出新芽
数十个丝瓜的空壳，还累累地高悬
干枯的藤蔓仍
把透不过气来的木质结构缠绕
死亡那么醒目，

而大地正在返青
原野的肉体横陈在天底下
近处的稻田只剩下待焚烧的稻茬
但好像再不会有烈火和烈火之后的草木灰
远处是幼女的麦田，
那么稚嫩，那么青涩
尚不能被亲近，更不能被踩踏

当我路过这片欣喜又惆怅的空旷
光秃秃的桑条正被蓄势待发的桑拳紧紧攥牢
四叶草在长它四瓣叶子
婆婆纳在开它蓝色的花

大地正在返青
“我梦见了我的苍老和年轻”①

① 化用自李南诗句：“我的苍老梦见了我的年轻。”

印象石门

曾目睹罗家角一百五十六粒稻谷
它们已炭化了七千年
曾拍抚那块垒石弄口吴疆越界的石碑
它仍守在石门湾河边
唐人王垂与卢收劫财又劫色的鬼故事
我翻阅《太平广记》时颇觉惊悚
那位弃绝了赵构、遁入空门的王爷
兴建的接待寺今又安在?
皇帝的震东禅院早消失于云烟
当我读到张德夫、黄勉斋、宋石门和丰子恺……
重建的缘缘堂，我一去再去

毁于历史的又因历史而重现
他的字仍如修竹
他的画仍如瞻瞻的脚踏车
他圆圆镜片后的目光仍照亮人心

今日，我既走在东高桥、南高桥的瓦砾上
也走在新建漫画村无穷碧的荷叶中
千年巨变呀，不变的只有运河水
这伟大的河流

用一个永恒的大拐弯
把深爱她的人一直
深深搂在怀中

印象横街

横卧在崇德老城区
横街早已习惯了安宁，独享一份闹中取静
我夏日初访时，一里路不到的窄窄长街
正在整饬梳理，修旧如旧

西段的登仙坊一带
吕、吴、劳、徐、蔡……从前江南的望族和五百年的
　往昔
如今只剩下这挂牌或镌刻的旧址
而历史往往就靠有名有姓传承
也许“颐志”“守愚”方可“登仙”
春秋鼎盛，也会银杏黄叶。所以
我久久地伫立，仰望。像古人一样倚楼“待雪”

再往东走，商铺、作坊、钱庄、当铺与酒楼
午后的阳光照在这些古老的招牌上
古老的繁华无声又厚重
黑灰的砖墙，斑驳的石板路，长条形的天空。在横街
横着走的是那些暗幽幽的弄堂
绿豆糕，鹅头颈，花生酥……
晾晒在竹竿上的老辣椒与红内裤

小镇的烟火气充满了半爿弄、西寺弄、总管弄……
是这些，让生活得以继续，人间得以人间

“我在横街很想你”
当我走到古老横街的东面开口
一棵古老高大的皂荚树迎风而立
而更古老的京杭大运河南北流淌
像神
一直守护在
这古老小镇的尽头

六里河的秋天

选择秋分时去看一位归人
秋日并不高远
黄叶尚在枝头
朱家门平房三间，板门几扇
黛瓦与小轩窗，青砖与界沿石
煮一壶清茶我们说起往事
出走的少女来到了中年的六里河

还待采摘的何止挂满的青橘
邻家的蔡先生正来来回回搬动
那是从前的旧日子
青山早已搬回了眼前
而青橘未老，她还不够甜蜜

一个怀旧的人
也早已回到了旧日子中去
还要有什么野望呢？
六里河边
榉树高大
秋风也不能摇晃

青 橘

黄沙坞还未变黄
南北湖的金秋还未真正到来
凉风笼罩，白雾蒙蒙
满山挂满青橘
宫川，由良，大分，满头红，天草，红美人
都满怀甜蜜却尚着青衣。饱满而羞涩
我尚分不清她们的名字

等待成熟也需要条件的
就像我们遇见一些人
遇见一些事
比如遇见这些青橘
都是讲一个大概。大致。大约
满山都是青橘呀
大概是这个时候
大致是这些人
大约是这喜欢的事儿了

当我们伸手
便知其真正甘苦
是这秋天让我们一再回头

西湖往事

杨公堤上总统睡过的房间
一个平民却过早醒来
西湖的寂静，因为被春天环绕
它发出巨大的回声

听不见的钱塘江潮水，像
曲院风荷的香气，从三个月外的距离
由远及近
当我读到里尔克的十封信
竟从青年读到了中年

仿佛爱人及往事，是一整座孤山
压不住的湖水。就要
夺眶而出

宿太湖山庄

天台，台州，黄岩，沙埠
往浙东的群山一路缠绕
一个山中庄园用异地大湖来命名
一下子有了十分遥远的浩渺
正如你所见并非你所知
一把悬空的壶不一定济世
但它仍然倾倒，因
循环往复的水流和人流

山间有风云来去
我们谈起高山流水
暮色在一字一顿中把五地的起伏渐渐铲平
我深知小龙虾深红、百威无底
我深知人世需要无知、大笑
与有时的拒绝

满山虫声多么静谧
像我独念的皂荚树
屋檐现在挂有晶亮的雨线
仿佛山中有个人
爱和遗恨
如此绵绵不息

沙埠青瓷

一件件闪着清亮的容器
在越地之东南
古老又安静
看那些履历或摹影于墙
或镌刻于石壁
穿越无数锅碗瓢盆的时空
龙窑向上匍匐于沙埠群山
这些固态的遗留物呈阶梯状
正是历史高温煅烧之余烬
婴戏纹、鹦鹉纹、双凤纹和游龙纹
行云流水般浮于表象
端详这滨海小镇的瓶瓶罐罐
多么冰清玉洁的人间奇迹
“炉火照天地，红星乱紫烟”①
是九龙透天

是窑工瓷匠层层皱纹
与无数人民沸腾的体温
深深地隐于其中

---

① 出自李白的《秋浦歌》。

千岛湖

一抬眼就能望见湖水
一抬眼就能看见青山

仿佛我大梦中醒来
床头坐着绝世美人

再看湖水
波光粼粼

再看青山
一重一重

对　湖

她把青山给我
把岸边青色的芦苇给我
把茫茫的青灰色湖面给我
把镜中的青天给我
把身体粼粼的水波给我

当我面对一个青涩的湖泊
她还会忍不住
把我的
青春还给我
把我满腔的热血
把我的虚无、多情、一切的追逐
和灰烬

给我
再给我

白荡漾印象

一片江南的湿地
那天预订了一个太阳，又白又亮
小舟落叶般在水中逡巡
浮着零下 4 度的野望

谁在白荡漾?
明明是水在那里白晃晃荡漾
缠绕着一个个墩子。墩子和水之间
是什么在天空下这样放空?

鹊巢孤独，一直停留在枝丫的高处
仿佛托举着一个待飞的梦
一行白鹭被风中的低语吹走
自由的翅膀从来居无定所

这些脚步踩着桨声游移
像水乡的挚爱在一个湖泊里沉浸
当你上对了一条叫“向阳号”的船
冬日的方向就不会错了

白芦花在白茫茫的两岸轻摇

这左右偌大的温柔！
有些风景值得你一再回头
白色的季节这浅白色的暗流

濮院古镇

看见香海寺的时候
濮院的古镇正在新建
于是廊桥、古城墙、石板街
粉墙和黛瓦依次出现
驸马府邸、岳家大院、北更楼
这是南宋风格的以旧修旧
翔云观、福善寺以及那高塔庄严巍峨
濮商会馆、濮川诗社人文绵长
又昨日重现
多么悠久的历史正在崭新

有人的地方，就有人造之美
人造之美又千方百计模仿自然
传统与时尚，一切如真似幻
而墙角、河边那些野草
它们疯长，不懂得修剪自己

它们，还不会怀旧
还不会，像小桥流水
装点人间

过洛舍漾

好山水没有远近之分
十八个弯是小事，“初极狭，才通人”也是
蜿蜒的南方曲径
尽头总是有粉墙黛瓦的风景

从前北方人为何远徙
兵荒马乱、慈祥的外祖母已成纸上雪
菖蒲、芦苇、菰芋、菱莲
在蓝色的午后将我抱紧
那片大水的怀抱里
我读到了一位游子的洛舍漾
从文化一直听到文明①

这时若再俯瞰一眼湖心岛
一个刻在德清大地的“水”字
正被一群白鹭用莫干山的竹篙
撑到湖心

---

① 在嘉湖作家文学交流会议上，张抗抗老师讲“文化”和“文明”相关内容。

当我捧起乌镇的倒影①

天刚入夏，草木茂盛，洛水碧清

① 《乌镇的倒影》，张抗抗散文集。

天空之镜

在可以凝视整个天空与自我的地方
我还能失去什么
失去嘉湖平原
失去汽车的轮子和尾气，
眼前日复一日的城市
失去千万年裸露的地表
这些瘦削、漏洞百出的外骨骼尚未运走
风吹过草坪上的露营者
正午太阳正在失去奋进的痛苦
小风车正欢快地失去它们的慢生活

我深陷高处的这面镜中
我还能够失去什么——
堵车，疲倦，奔波，内耗
与另一个我在一起的可笑与烦忧

现在，我正失去我古老的心脏
一池的清风白云
和年幼的天空
正把我填满

南浔简刻

我总是钟爱南浔
真实、老旧、时光迟缓
它的小桥流水人家与别处并无多少两样
但它深藏着一些古人的偏爱
和帝国的旧习
像刘镛的那些牌坊与门楼
有五个进出口
男主人和尊贵的客人走中间大道
女性家眷分走两侧
那天人太多了
我竟像一个遗世的仆人
沿最边上小道贴墙根走
而张石铭楼群中西合璧
比如马头墙与黛瓦、多立克柱子、铁花扶栏
在那个西洋歌舞厅我长久地停留
天井有四角的天空
墙头上一株野草，它在轻轻摇曳
一切似与古镇的时间无关
至于崇德堂，庄氏史案的旧址
那皆是前朝往事

在浔溪两岸徘徊

你有好看的老房子和彩色地砖

我有一双大脚

我去而复返

火炉浜

春光密集，油菜花、桃花
槜李花挤在一块

荣星村的田野被青青麦苗覆盖
在南风吹来的最好时节

火炉浜没有火只有水波荡漾
这是江南三月的一个下午

一群远方的客人
正走过乡间蜿蜒的小道

路旁的两行电线上
许多久违的燕子

一个个醒目的颤音
在天空之弦久久地停留

屠甸寺

我幼时唤作的屠甸寺
就在长山河畔
狭小，幽暗，似乎织满蜘蛛网
我常念叨昔日往事

“对。时间就那么快，念念经就过去了”
几个老和尚变成了今日一群新僧人
就像我们今天
坐在重建一新的天王殿石阶上
轻声谈论古今兴衰

那石人泾漂来的石佛
早已不知所终
而后世新建的高大偶像
正享受着历史的香火
醒目处的观音
法相慈祥庄严
子温和尚仍在画着水墨葡萄
必闻寺钟的君匋先生：
“钟声送尽流光”

一座闹市区的寺庙
取了空寂观照之意
我幼时唤作的屠甸寺
仍在长山河畔
这通往大海的沉默流水

南北湖

一条鲍公堤往东西走
一个海塘湖就此分了南北

在堤上往西北望，你会望见北木山
谈仙石城就在山谷中

白茫茫一汪水三面环山
高处的云岫庵、白云阁和鹰窠顶

湖面怀抱着白鹭洲和蝴蝶岛
有山有水的地方从来不简单

我们的日子却如此重复
就像我再次来看一个湖

这湖面是否当年一样平静
这微风仍摆动杨柳

远处群山寂寂
仿佛遥不可及的几个老友

运河之上

先是新运桥，再经新生、梧桐、炉头、石门、
羔羊、同福、芝村、崇福、永秀、大麻，
去往临安

运河的水，自北往南，从隋炀帝一念之间流来
映照着开元盛世和武曌临朝
从开封府和康王南渡的仓皇流来
后面紧随着朱棣那张一直在寻找建文帝的阴鸷的脸
从岸上清人的铁蹄声声、城头变幻的旗帜流来
水波中，天国的兴亡和民国多么短暂
从达官显贵的画舫流来
小渔船上撑着长长竹篙的南方人民有着黝黑的手臂
从火烧缘缘堂的悲愤流来
在丰子恺的石门拐一个大弯
往购买塘栖枇杷的石埠头流去
那是一个渔火终于沉静的夜晚

流过北方祖辈空旷的田野
流过忙忙碌碌新盖的楼群
流过江南铺满黄金的摇曳着的油菜花地

现在，我就在这悠久的大水往南十里
向北赶路。沿途
我左手的新板桥港，右手的丁家桥港，我枕畔的康泾塘
我用这三条故土的支流日夜奔赴你
在无人机悬空的历史视野之下
我飞身而起
化作吴疆越地的一座石拱桥
和她痴情的影子

仿佛一轮永恒的明月
照耀在亘古的运河之上

古运河

提起人造的河流
必然是汗水
必然是眼泪
必然是奔涌的血脉
在东方，汗水和泪水尤其如此
源远流长和无比阔大
那必然是漕运的船只和两岸的人烟
运河之上，人间稠密而繁忙
这时再提起东晋的缘起
唐宋的开凿与兴盛
这些偾张的脉管到当代已然平静

就像今天步行在运河边
就着历史的掌故和云彩的倒影
我握着你的手
看那些蜿蜒之水
抚平了那么多新城旧事

回小桥村

到达小桥村的时辰
像从前一个最普通的黄昏
桥头新砌了三个挡车的石墩
两三点寒鸦掠过河面
桥下的水渐入暮色
走远的人也渐入暮色

那么多年，我从熟悉的喊声
和近在咫尺的灯火
走了出去
就再没有一条老路
让我走得回来
比如现在。我刚要抬头开口
还来不及答应一声
老树上聚集的这些黑点
又扑棱棱飞走

古石桥

江南的一些古镇，总是
风轻云淡，水网纵横
有那么多熟门熟路
用陌生的石头砌成
有那么多的河流总要东西横亘
麻雀轻轻飞过
鸭鹅慢慢游过
那么多古石桥
把断断续续的人间摆渡

在浙北的一个下午
当我走在崇德三孔的迎恩桥上
念及“迎恩”两字
仿佛给我讲乾隆故事的外婆
她用佝偻的背
正把我一步步稳稳驮过

杭白菊

每到秋天，家乡就会提前下雪

雪香香地铺在运河岸的田野里
一箩筐呀一箩筐母亲她搬着雪

雪花从秋天的黑土地里长出来
雪花从母亲的黑头发上长出来

乌镇戏剧节观德剧

欧律狄刻在一间黑屋里
捶胸顿足，那一晚天色不太黑
整个乌镇漂浮在喧嚣的水岸上
影子，歌手的妻子她说她是一枚影子
一幕水做的舞台凌驾于观众们的颈项
也凌驾于那些忙碌的声线，以及令人费解的剧情
这些人晾晒在上面
月光照不到最耀眼的那个灵魂
局促的空间里，只有黑暗在尖叫与追逐
影子说她要的是自由的国度
光的背面没有一张清晰的面容
没有荣耀和遗弃，黑暗是黑暗的黑暗
鲜花簇拥着石刻的阳具
这连头发都战栗的小女人
她哭泣的眼神长出失落的利爪
在下沉到 99 级的电梯里，所有的归宿已经顿悟
欧律狄刻的通篇自白，如同来回奔突的那条隧道

水乡的晚上
自由的德意志人塑造了一幅怎样的人间
和阴暗走廊里一枚怎样的影子，支离破碎

我长吁短叹，如一支沉默的音响
如小巷灯影里悬着的脸庞，时间若隐若现
大地沉浸在这些水做的影子里
昨晚，左边的月亮遮住了半边眼睛
回想起来
如同这些观众坐在自己的位置上
倾听，鼓掌，难以自拔

复　制

一条青石板路走得熟了
它仍有点起伏
它的声音响亮
被踩它的高跟鞋所复制
两侧的粉墙黛瓦拥着它
在江南的微雨中
于是它们构成这幽深小巷
被撑着油纸伞的丁香所复制

就这样我们复制这些
让人迷恋的颜色和声响
复制完乌镇，又复制西塘
我们期盼着明天的未知不被复制
又沉迷于复制这失去的旧时光

终于到了岁末
现在我们祈祷着新鲜的未来
用纸去包住了火
一排崭新的红灯笼挂在了黄昏的水边
可又一个新年
在暗中明摆着
被这静静的流水所复制

八月十八观夜潮

夜夜来潮
今夜海宁，你的潮声盖天
是月色撩人还是乌啼霜至
白色的天地一下子铺开
战斗的无边床垫

你逃，你逃，你全身挂满满月的铃铛
喘息的脚步先轻后急
冲上去，冲上去，盐官的长堤揽你入怀
夜里的高潮奔涌而至
巨大的呻吟撕裂两岸

哦，这个肌肤月一样白的女孩
这个夜色下赤足奔跑的女孩
她在今晚的江南　亮闪闪地尖叫

一遍遍湿透了的尖叫
一遍遍湿透了的尖叫
一遍遍湿透了的尖叫

松阳道中

到松阳的时候，微雨黄昏
远山被白云紧紧缠绕
天元名都的窗外
一只神兽的孤独正被同样孤独的宝塔镇守
浙西南的秘境隐藏了 1800 年

我走在明清古街的石板路上
煨盐鸡、木工坊和耕绳儿诉说着松阳故事
清江铙吹、畲族叙事歌与鼓词
古井捞钗的情节仍在翻来覆去劝人为善
可惜真会高腔那调儿的陈春林只有一个

非遗得到了传承，可时代的车轮
仍让传承的不断失传
新人终究是留不住古人的

就像打铁铺、棕绳店被手机连锁和星巴克日益占领
就像老街与黄家大院如此古老
就像松阴溪见证了人间那么多变化
如此平静地穿城而过

秘境之途

我独爱长松山之南
三都，四都，西坑，横坑……
多的是盘山公路
走的是石径小道
我被古朴的杨家堂深深吸引
不是它有江南的布达拉宫
台阶那么错落，巷弄如此幽深
而是它为何宋姓多
《送东阳马生序》是否在此地写就？
村口为何有如此两棵参天大樟树？

当我站在陈家铺的悬崖之上
青砖老瓦黄泥木板的村落在云中悬浮
600 年似孤鸿一瞬
人间有最崇高的阶梯
这里竟有先锋的平民书局！

我独爱这江南的秘境
仿佛阵雨偏爱这云遮雾绕的松阳夏季
就像我现在
正站在膳垄村高处往下望

人间有最直观的风水
你我正处在苦苦追寻的桃花源
永恒的怀抱中

汨罗寻屈子而不遇

肯定没有屈原的汨罗了
这是我今天看到的这条诗歌的江水
她恸哭了两千年的泪水白茫茫一片
肯定再听不到他踏浪而行
低吟《离骚》《九歌》了
即使香草美人再大声诵他的《九章》与《天问》
他也不会从江底来与我见面

这条孤独的江水啊
再不会有孤愤的人与你共赴国难

冬天已沦陷得那么深
大雾笼罩这楚国的两岸
这白茫茫的山河一片
莫非是整个汨罗江立了起来
在这个推迟了许久许久的祭奠日子里

而我眼前的滔滔江水
仿佛是一万万个屈子

仍在义无反顾

不屈往西，追问苍天而去[1]

---

① 汨罗江流向很奇特，是自东往西流。

柳庄怀左公

今日，柳庄烟雨迷蒙，
一个湖南人无声展示了他
修身、为官、交友、传家之道。
而我震惊于湘人精英的内省、克己。
如此达官显宦回乡后，
恍若一只白鹤归隐山林，
简朴的大堂之上，
狭小的厢房之间，
只安放着一颗耕读持家的心灵。

这样一个文弱书生，谁会想到?!
竟会深入不毛抬棺收复故土!
竟会在西域大漠驰骋舍命!
我们的伊犁草原那么肥沃，
若羌的枣子那么鲜甜，
帐篷里的都塔尔和天山上的甘泉，
左公的故事流传至今。

今天，我们就来此凭吊感怀，
这楚地的粉墙黛瓦，
仿佛是他的名字，
掩映在柳庄的青山绿水中。

游张家界散记

时值大雪，而大雪未下
云顶会剧场的那朵莲花还未绽放
而武陵源十万大山
已在对面不远处虎视眈眈

我生于平地，向来畏于登山
更畏平地奇峰突起
行走间松林之侧，金鞭溪长鞭闪烁
好一鞭打下去，打出来一条大河就叫索溪

海边人于高处观山，犹如观海
却不闻松涛阵阵，只见群鲨起伏
人说此地子房早已仙游，而良策犹在
——唉，黄石寨空留了这万千冲天剑戟

回音壁前徒作狮子吼，吼不断断肠事
情人峰间忽有跳崖心，心暗生生死叹
幸有碧水高悬，一壶宝峰当头浇灭
我和这尘世总有不可能之事

比如这大峡谷横拉不可能之栈道

比如泥胎之身竟步于云端
悬空之物顿时有了透明之心
而至于天门之山，天门开于何处

无非是百龙天梯的上下
无非是盘山小道之迂回曲折
无非是门户之见、距离之惑
无非就是我尚在门外，而门内早已有你

和你们的神仙
回吧，回吧，纵然壁立千仞
万物仍有黑白、倒悬、残缺、舍身、孤立、迂回、鼠窜、
虚无之美

在鲁迅故里

1

每次来山阴，似都是为大先生而来
熙攘的人群同说着一个人名
同说着一个人书中的一些人和事
没有一座城市因一位现代文人的名字
如此人来人往
仿佛春风吹拂万物，而万物从不厌倦
时代匮乏时，有人写下愤世嫉俗的文字
时间丰厚时，有些文字便渐如朗星
显露璀璨的亮色

当五月的暮晚笼罩会稽大地
我又一次踏上了这古老的街头

2

那面墙上
大先生仍目光如炬地看着远方
其笔下的华章又鲜活起来
近处有两孩童，正是小辫子的迅哥儿
与头戴小毡帽的闰土，在石板的小巷玩耍嬉闹

夜色中仿佛有片瓜田，一匹钻过胯下的猹
少年的记忆总是亲切难忘
犹如我们青春年少时
那么爱美
一位年轻的豆腐西施身穿绿衣端坐
没有人愿意说起细脚伶仃的圆规
像春到深处，没人再怀念冬日
咸亨酒店刚刚打发走孔乙己这最后的客人
伙计把黑漆漆的门板重重装上，仿佛谢客也是这般厚重
茴香豆的四种写法虽已很少有人提起
会稽的夜空中还是散发着淡淡的新蚕豆香气

3

翌日去看故居，门前的小河仍摇着乌篷船来去
右侧的大香樟树穿破屋檐一角
往事陈旧，观感如新
一个喜欢的人总要凝神端详
走过仁思堂便到了三味书屋
寿镜吾有眼镜和戒尺
周树人有一个书桌上的“早”字
优秀者往往起点已是优秀
像阳光天经地义地穿过天井
该照耀的必然照耀

“栽花一年，看花十日”①

赵庄的社戏早已结束，院子的戏台搬近了距离

花旦唱完了《梁祝》，又唱起《西厢记》

4

我到百草园时，苦楝树繁花正盛

一个立体的碧潭，紫烟正缓缓升起

细长叶子的是无患子，还有高大的皂荚树

角落里的覆盆子、何首乌……

“在我的后园，可以看见墙外有两株树

一株是枣树，还有一株也是枣树”②

有重复多好，有重复就有伙伴

就有志同道合者

有重复就不惧死亡

春风吹拂，桑树还有些残存的桑果

在高高的枝头轻轻摇晃

有残存也多好，像这些残留的旧迹

像百草园的菜地割了一茬又一茬

像光滑的石井栏不再光滑

像不朽的依然不朽

---

① 原句出自《醒世恒言》：“种花一年，看花十日。”此句来自鲁迅故居三味书屋后小园寿镜吾先生之父寿云巢所题诗句。

② 出自鲁迅散文集《野草》中的《秋夜》。

5

在横眉冷对和俯首甘为之间
我读到的是大先生之大
而最吸引我的是——
所有的大来自小
“母亲姓鲁，乡下人，她的自修
到能看文学作品的程度”①

春风总是那么公平
一个乡下不读书的小女子
孕育了三位读书的大人物：
树人，作人，建人
春风又总是那么慈悲
“永恒的女性引领我们上升”②

6

在大先生故里
我们匍匐
仿佛野草长在大地
春风一遍又一遍抚慰

---

① 出自《鲁迅自传》。
② 出自歌德《浮士德》。

秋日过东海灵岩

秋日轻抚，灵岩宛如遗世隐士
静坐于东海一隅，听海风低吟
我看到的峭壁，巨像般矗立，向着天空伸出渴求之手
凭空一百五十米的高度，让浙东平原眺望天际有了新
　可能

这是古老智者精心布下的棋局，盐田遥远又排列整齐
那透明栈道闪亮悬于半空，似一条正抛起来的惊险绳索
水滑车滑过湿润的轨道，仿佛梦中淌过生命的深谷
碰碰过山车在丛林呼啸而过，载着灵魂短暂的放纵

一个习惯于低处行走的人
来到了峰岚之上，悬崖秋千荡起的
尽是胜景和恐高之心

极目处烟波浩渺，那接近于灰的蓝吞没了多少尘世
此刻山巅的山与海，似一幅色彩浓郁的油画
那些裸露的岩石，和满山的草木
见证着来来去去的人们，和他们变幻的命运
我站在其间，一颗微不足道的尘埃漂浮

万物在大化中，我们只不过是一瞬的光影
这秋日的海边，用登高又教会了我一种生活

一个新呈现的旧悬崖，让
一座以大象命名的山
从此有了新高度

秋风吹过亚帆中心

秋风吹过亚帆中心
港湾里一排排赛船安静地停靠
一群蓄势待发的勇士在休憩
帆上结着海风的记忆
绳索也绷紧着金色的期待

此时，你一定要往海上看——
远山睡卧如禅者
漠视着世事的起伏颠簸
而几叶帆仍在翻滚
激情从未有过片刻的冷却

这些颤动的帆尖指向天空
如同理想
高举在尘世之上
帆旗摇摆
又似呐喊隐隐作响

这儿的每一片水域都是梦想的温床
每一个舟子都是追求远方的行者
生活在海边的人多幸运

你会拥有港湾
你亦拥有浩渺无垠的汪洋

秋风吹拂不止，此刻
“当我直起身来，
我望见蓝色的大海和点点白帆”①
还有一座绿色未知的灯塔
在秋日的象山之上

---

① 引自米沃什《礼物》。

忆禾木

七月的禾木
我们来到图瓦人的村落
主人说天堂最好的美景是吃羊

他带我们去羊群挑羊
他牵着一头壮硕的公羊出来
羊默不作声，不挣扎

主人说吃羊之前应该跟羊合个影
放心，它是羊，不拼命，不挣扎
我们胆怯地拉着羊角跟这头羊合影
仿佛我们是待宰的羊

主人拿起雪亮的羊角刀
一只手轻抚着羊，像轻抚着一个他深爱的女人
最后他的手猛然攥紧羊角，搂紧了羊
像搂着他的女人，羊不挣扎

羊角刀一下子没入了羊雪白的胸腔
他抱紧着羊，像那把利刃没入了他的胸膛

我们从未见过，有一种死亡如此安详
夕阳已经坠落，暮色也如此安详

我们和那头羊
加了布尔津的土烧
被一根铁钎滞留在熊熊的火焰上

禾木的夜晚
篝火燃在夜的底部，上面高悬着大大的月亮
这一上一下两只瞪大的羊眼
我们吃着彼此的肉，一点儿也不挣扎。

多美的人间。多安静。

第三辑

春水不可追

爱你的时候

爱你的时候
我总想起最古老的比喻：

马儿啊飞奔在草原上
广阔的草原广阔无垠

踢踏——踢踏
踢踏——踢踏

草原舒服地踩过马蹄
这踢踏永不要停！

元宵书

今夜
窗外有几盏路灯
便有多少孤寂的光芒

节日在碗里打转
你数着它们
如同数着几轮不能忘怀的明月

黑暗中的泥土松软
湿漉漉的树梢是什么风摩擦过
一句情话你对人未曾说完

今夜，怀春之水重新流动
旧枝又有了新热度
一片熟悉的新叶正在长出

你还在踌躇着编织一个短信
尽管那青衫早已袖手
那背影也早已不在阑珊处

你仍会固执地

站在原地

等一个约定的春日

像那惊雷的暗语年复一年

在空气中为谁

谎言般长久地颤动

冷　春

一个特别阴冷的春天
就要过去。西面
康泾塘边开满了野花
高的是苦柚，低的是六月雪
还有很多是不知名的
“圆叶过路黄”的绿色涨足了道路
又是一年好时光
这些无法迈开脚步的植物
却一直与时间同行
那么四季分明

春天特别冷又有什么关系呢
像风吹落叶又轻抚桃花
恪守约定
又徒劳地走过

又有什么关系呢
我虚度了几多春秋
仍徘徊在你熟悉的老路上

春天的疑难杂症

春天刚刚来到
山崖上的太阳还比较寒凉
静止的刺槐和一地松针
只能吸引几只灰雀
是什么如此安静
古老而雪白的乌桕籽
在枝头轻轻招摇
几个荒坟上未拔除的小草
醒目又仿佛从未死掉
像远处传来的一封求助信
一个诗人在西北的床上痛得打滚
除了伸手给一些轻风的抚慰

春天无法做些什么
春天只能再一点点长出新绿

清明日

到处都是噼里啪啦的声音
仿佛唯有鞭炮
可以证明：
一年有这么一天

这一天，人间的草新鲜地再死一次
墓碑上陈旧的字刷一遍新漆
而荒草和墓碑下面依然沉默

我点了根烟
我还是陪着荒草与墓碑
与沉默的你们
一起沉默

而雨大起来了，竟熄了烟
沉默也是多余的

立夏书

今日河道上徘徊的
不只是波浪的冲动
还有斜掠的翅膀
煦风计数过一片片新叶
又被水杉、油槐从高处轻轻摇曳
生命的颜色如此充盈
热烈的风景总是死而复生
谁还会记得从前
雪白的凋零和初春的阵痛
而我的眼前——
小径那么荒芜
弗洛斯特的道路也许并不存在
我有被行道树安排的真理
整齐又划一

仿佛刚刚过去的这个春天
不是天生的自然
而是伟大的谬误

知了在高树上叫

午后的河塘白茫茫分外寂寥
你又听见知了在高树上高叫
声音像童声，清脆，单调
每年大暑你听到的那样
可河塘四周明明没有一棵树
是什么让你到了这个季节
就张开透明的翅膀
轻盈地飞到高树上
叫得如此高亢又专注
而高树下必有一个少年人
仰着头双目清澈
唉，少年人
大暑必来，知了又不知岁月

一个旧人站在
河塘边的草庐下
一只新知了趴在一棵高树上
那么专心
那么寂寥

大水年立秋帖

在立秋节气中旅行
此刻便具有了一辆大巴的躯壳
不会有人讨论氟利昂也无人占卜
远近村庄在白昼中昏昏欲睡
窗外的田野，碧绿还未变装
我的北国在迅捷而陌生地前行
目之所及
即将到来的秋天空旷
空　旷
空　　　旷
在时间之大地上
没有事物能够大水一样持久
像王朝无穷的欲望，短暂又牢固
我鼎盛的烈日正在消退
广袤的植物走向丰满和枯萎
我爱这黝黑农人，永生地拨弄泥土
我爱这瘦削女孩
在一个陌生地
怯生生向一个陌生人
甜枣般张望

秋　日

日子往往是这样子
春夜苦短，酷暑难当
你梦中的飞雪连天也仅仅是去年的

我们最好的季节是什么
就像你一个人走在蝉噪的山路上

雪松静立，叶尖上
却没有半点遥远的雪
“清泉石上流”，你想听的
却是我唤你的声音

那么多青翠的盛年从高处落下来了
带着各自的金色。“咕咕咕”
有两只灰珠颈斑鸠低飞而过
你看得入神的时候

喂，亲爱的
是一对儿吗？
你转过头来

我和秋天

清癯地站在你的身后

秋日颂

朝阳稀释了薄雾
又一个秋天在岁月里打卡
当我空腹穿过这些斜卧的阴影
雀鸟正在枝头忙碌
只为了寻觅一点点虫子和浆果
林中的道路越来越松软
昨夜冷雨带来的泥泞早已被掩盖

这些高挂的成熟多么圆满
而相伴的凋零又在陆续进行中
移动的晨光与树荫交替
大地上黑白分明
我刚刚走过我日复一日的生活

我鞋上有迈过草丛淡淡的水渍
像擦肩而过的蝴蝶和往事
很快会消失
我也有光秃秃的枝丫指向天空
仿佛固执的秋日
在落叶的人间往复

秋节至

无非是枯草南迁，天空变得高远
无非是垂钓者低头，往事重提
钓起一块块石头
无非是西山上那柑橘甜了
或者南湖里的菱老了
季节的中年
无非是叙旧的机会多起来
可脸面的皱纹越来越皱
无非是那匠人把这块生铁
炉子上早已炼得烂熟，再反复一遍遍淬火
无非是蚁聚
为收获了一点点粮食东奔西走

直到夜深以后
神一定会打开一扇窗户
那时有白月光，也一定霜满地

越来越深蓝的夜里
唯有星星滞留在
众人的黑暗中

白　露

我对圆形的事物总是如此着迷
比如订下婚约的戒指，一起仰望的明月
院子里的葵花现在低着头
越过栅栏的目光是细碎的
不远处的河面上有银珠闪烁

秋天一定是从草丛上走过来的
她衣带当风，摇落了那么多伤感往事
摇落了又一个时间的轮回
凋零也是圆形的吧
仿佛耳垂上一种圆满的誓言

我爱的夜晚这般雪白又静谧
就像很多沾湿裤管的过去
窗台上渐渐潮湿

我分不清这是露水，还是——

你，抱紧我的心
在微微起伏

霜　降

最多的粮食，最多的落叶
最阔大的忧伤和
最无用的时间
是的，不用再等
再不会开花结果
我的粮仓早已收拾干净
看我的土地如何下霜如何冷下去
正从北方席卷而来的是风
是我的秋日
我等待着大海，但从未到达①

这秋日是我一个人的
是我一个人的秋日

---

① 引自加缪。

山居秋暝

秋日渐短
黄昏贴着苍黄的苔藓
油松，丑槐，千年柏……
落叶正飘在空中
地上松针层叠而松软

那时，看见斜阳刚露过山顶
——独缺一场大火啊
这天上人间
一念起，这金色的山便已空
再念起，无端地想念流水

而石上流水声远
群鸦正惊起炊烟
暮色和私语落在密林深处

秋日山中
有人正徒步归来
远远近近，始终走着弯路

秋风卷过山冈

牛在吃草
秋风起。嫩草很难被找到
这老草枯干。草根上沾满泥土

带着锯口的是茅草
它锯过春风和夏月
如今锯着饥饿的嘴

还残存一丝汁液的猫儿草稍稍好吃些
其实。泥土里长出来的都苦
经过嘴巴就甜了

牛很老实。老实是命
所有的草从不反抗
风吹过来。它们也只知道顺从

大地越来越低呀
秋风明显带上了秋色
像老牛走过秋天的山冈

冬日未雪

冬日的原野一片野茫茫
用铁锹铲沟渠的人面貌黝黑
同样黝黑的是他身后那条空空的沟渠
泥土有新鲜的伤痕
乌鸫们在追随着它
不久之后的大雪会将它的空虚填满
远处的河床日益蜿蜒
垂钓者消瘦且孤身一人
铁锹从大地温床里挖掘出来的
又被锋利的鱼钩穿透
这些被乌鸫追随被鱼儿追逐的
不在同一处
却仍是同一事物
现在，我也正饥肠辘辘
看彤云渐渐压了下来

原野那么空茫
我来到他们中间的日子已经很久远了

残　雪

我们忽然提到眼前这个冬日
缓缓的低音部
就如缓缓暗淡的夕照
仿佛你坐在我的面前
屋檐上无非还有一些残雪
无非是一些闯进院子冒失的风
桌上的白茶慢慢冷下来
又重新捧在手心
——仿佛回不了头的旧时光
这急急下坠的冬日和滴答化水的雪

一壶茶喝久了终究会寡淡
再高冷的雪也会尽落人间
天空留不住，墙头留不住
屋檐的雪还在滑落
这止不住冰冷的一双手

——哦，这墙外的高树
也终究会留不住

我喜欢大雪的理由

我不喜欢冬天
不喜欢冬天的极大部分
她的冷若冰霜，乌黑的河流
一记巴掌一记巴掌一样的风

除了她的大雪
大腿一样地雪白

大腿一样的雪白会覆盖一切
覆盖黑夜，覆盖一切的黑
让习惯黑的我
难得习惯一次
白
大腿一样的雪白

我喜欢大雪。喜欢她
轻轻地埋葬我

看日出

我想和你一起去看日出
在一个初秋的早晨
旅舍在荒郊之外
我安排了一群麻雀在窗台叫早
趁着晨光熹微。你我轻轻起身

小径盘旋而上，江南山林湿润而多情
你头上杜鹃几朵，还一手采着浆果
你肯定会流连在路上
若不是有个人牵着你的手

这半途往往会有迷人的风景
因为迷人而不知取舍
携手的人一条道走到天亮
再走到底就是山顶
秋天那么辽远开阔
我们的来路已被阵阵松涛覆盖

仿佛这人世就两个人
仿佛远处这红彤彤的樱桃
它轻轻颤抖
就要把爱着的人轻轻覆盖

必经之路

已经厌倦了一走过
诺言就变得粉身碎骨的落叶
我的秋天
褪尽了浮华的金色
是少食多味、贪吃中毒的白果

我的秋天
在那个光秃秃的树杈上
一个再也藏不住的醒目爱巢

我的秋天
是夜深起风了
你在月亮面前，轻轻
轻轻给我披一件衣裳

我的秋天啊
这胸脯胀鼓鼓的带小刺的苍耳
你一顺手，明日就把我带走
在你的必经之路上

引火之物

一个引火的地方。必须是
空地。远离杂草。不见风的标志
这里显得略微空旷
先用一个废油桶的躯壳架起炉膛
大铁锅陈旧，不妨碍放上一口小池塘
落进锅里的开始是铁锈的微末
然后是落日和它通红的影子

这又是一个适合煮沸的日子
口腹之欲浸泡在热气腾腾的虚无里
即使有噼里啪啦的异议也仅仅隔着薄薄的铁器
一些暗藏的空洞急速升起
自我火热分裂，再迅速隐匿
天空又将恢复起初的原色调
那些辉煌的色彩，触手可及的余温
皆仿佛灰烬。不可留恋——

我的引火之物
起初满足了火
最后引燃了我本身

滚铁环

你有时会回到幼时的马路上滚铁环
马路边一定有枫杨树和悬铃木
或者是一溜儿的水杉
夏日无风
马路向远处倾斜
你赤脚拼命追着铁环
铁环拼命驱赶着你

马缰绳一般的铁钩
你手里紧紧攥着
套住奔马呀你个野孩子
开好你的机车
光阴的铁环飞奔

你是驾驭者，你是方向盘
什么才是我们无穷无尽的内驱力？

你在大大小小的马路上滚铁环
铁环早已不见，铁环仍在叮当作响
马路尘土飞扬

海边十四行

深秋的阳光渐渐变轻
除了时间的翅膀。还有几片落叶
海边的金沙细软。而陪伴我们的
海浪湛蓝。犹如已逝的盛夏
远处的渔歌把一些耳朵拉得缥缈
我们所爱的大海装满音符

俗世如此切近。两行脚印
充斥了整个沙滩。又界线分明
就这样一直走吧。沿着
窃窃私语蜿蜒的海岸
我们轻轻拉着手
不自觉避开风浪

——多像左脚跨前，右脚
不自觉跟上

梦蛇记

我在崎岖山路上行走
眼看就要登顶
可以触摸那一轮皎洁的明月
忽然山涧中蹿出一条巨蛇
一口把月亮吞了
然后又昂首向我扑来
月亮在其腹中分明
映照得蛇身通体透亮
这五彩斑斓，火红的蛇信

大惊之下，我回身拔剑
龙泉瞬间在手，迎风一晃暴涨三丈
奋力朝蛇砍去
喀啦啦一声巨响
巨蛇断为两截，蛇腹慢慢裂开
那轮明月忽然不见
化为无数小蛇又向我扑过来

那万道银光
山路狭窄，我在草尖上奔突

除了梦，我无处可逃
每一个做梦的人
犹如不在梦境

干眼症

最近，我老是动不动流泪

一大早去超市买菜
刚跟张屠户询价排骨多少钱一斤
泪水就哗哗下来了
连忙结完账拎起肉就走
身后张屠户在说
这肉价涨得，老陆都快买不起排骨了

上班先去食堂早餐
我才喝了半碗稀粥吃了一根油条
眼泪又流了下来
旁边同事看了看“节俭光荣浪费可耻”的桌牌
又奇怪地看了看我

下午有个廉政事迹演讲比赛
刚刚讲了半个清廉故事
我就忍不住热泪盈眶
台下掌声雷动，结束后领导表扬
你今天声情并茂啊

晚上去参加一个结婚喜宴
众人鼓掌欢声祝贺新人
我坐在席位上使劲儿抹眼泪
朋友过来偷偷问：
这新娘是漂亮
你好像挺难过
莫非，莫非是你前女友？

第二天，我走进诊所
医生检查后说：
你得了严重的干眼症
会动不动流眼泪
哦，您终于说对了
我的泪水又止不住地往下流

方　向

回乡下
田野依旧有金色的荒芜
河流刚刚解冻
喜鹊把窝搭在高枝
韭菜割过一茬仍拼命往上长

都为了空中那道光芒
而堤岸上那棵垂柳
把所有从春天得到的新绿
齐刷刷伸向
沉默的最低处

最低处
林间有那么多小路
我爱走的旧路
始终就这样一条
它的方向，沉默又荒芜

静夜思

在春夜里
一个人点着灯
想念另一个人

万物苏醒
是神守着
一个光明的困境

错　觉

如果散步可以给我自由
我就去散步
早上去公园
中午去河边
傍晚往郊外
如果不工作可以给我自由
我就放下手头一切的工作
关闭手机
周末再睡个懒觉
来一场酣畅淋漓的爱
这长假多好
马放南山刀枪入库
又可以去塞外看日出日落
如果写诗可以给我自由
我就坐下来写诗
走路时写
做梦时写
马桶上也写
这自由拉得多么痛快

但自由从来没有如果

我的自由是一种错觉
这该死的生活
被整日包围在错觉中

荒　野

枯败的荒野横陈在大地之上
季节的代谢不可避免
而神的冬日只有一个
前行路上有茕茕白兔
我总是畏惧未卜之途
风车在转动它巨大的影子
多么忐忑迷人的方向
忘我的天下无比寂寞
收获的死亡里填满了金色
唯有镰刀安慰了一切
一只麻雀“叽”的一声
为啄食到一粒遗弃之谷而雀跃
我为这小小的物尽其用而欣喜
一个在荒野行走已久的人
是否也是物尽其用的
荒野一次次路过了他

望　月

如果，是在窗前，你一定会拉开窗帘
你一定会抬头，说这月，多圆

如果，想念的人刚好在身边
你一定会想到月饼、花瓣与蜜语
你一定会给他先咬一口
然后你再咬下一口

如果，在窗前的只有你一个人
那高悬的一定是面镜子
秋风多么透亮，可以让你顾影自怜
也一定可以照清很多人事

也或许，那是一个苍白的人间漏洞
你花费了一整年去修，去堵
今晚发现：

所谓圆满
不过是一种无法填补的凝望
与空无

相　左

我所热爱的，无非在暗夜
奔向璨璨的灯群，又
躲进柱子下的阴影
我所向往的，无非是投奔怒海
波涛如此澎湃。沉船却
无声无息

我一生追求的，无非是一种谬误
仿佛爬山时会错愕，险要处最美的风景
而在幽暗的丛林，如此窃喜——
远处那微弱的星盏

——“所谓正确往往荒诞”
一个离开故乡的我
在异乡的街头。淡淡地
说起乡愁

第四辑

河流从远处奔向人群

给蔷薇 1

从山顶往下
林中的雪很厚了
蔷薇，你听这寂静的声音
仿佛两列小火车在缓慢行走
当我回头看时
天空这个黑色的斗笠
一下子戴在小尖山的顶上
我们走过的小径
就像爱过的往事
早已失去了踪影
而白茫茫的一片谁也掩盖不了
满山皆是披雪之松
树上有心碎之雪
簌簌往下落的不只是这些
蔷薇，你我已多久没有经历这样的暮晚
这空荡荡的前程
多像我们茫茫无用的深情
再不会有金黄的老虎了

给蔷薇 2

雪早已融化了半年
湖畔正热
蔷薇，你我一起看看这蝴蝶吧
用多么短暂的夏日

这烈日笼罩着青山
被清风拂过的何止流云
我的夏日炎炎
一汪大水啊
仿佛一场大火正漫过你的眼睛

亲爱的，那远处的断桥未断
近处的离人又要断舍离
人世多么欢喜又令人发愁

我们忽然说起寺院
说起那些庄严的对联
经文、香火、飞来的石头
有一只鸽子轻轻振翅

你看，众生皆苦

那么多无心的人

来来往往

而作壁上观的佛端坐不动

山　行

山路忐忑，钟声邈远
远处那个广大的湖泊
我早已看见。而我想看到的
并不是这些：
像这个弓身匆匆行走的笠翁
扛着锄头去干他喜欢的活儿
而山坳处的那棵红枫
一树空空无人欣赏的好颜色

万般皆是命
喜欢就是真理

就像冰川为了看一眼大海
一点点崩溃
又像盛夏爱着秋日
严冬爱着春晨

群鸦聒噪时我遇见了一个人
黄昏一下子万籁俱寂

梦　中

瓦片鳞次栉比
梦中的屋顶无限延伸
幼时的你经常在上面奔跑
没有一张会被你轻轻踩碎
梦中的山尽是峭壁
你不断地攀登又不断地跌下悬崖
梦中的花草到处盛开
你明明采摘了一大把
花瓶里却没有半点颜色
梦中的死亡
如此盛大
那些曾经疼爱过你的人
一个个白发苍苍
一个个笑着回来

梦中的爱情那么像爱情
与你执手相看泪眼
忽然就是一生

甜卡车

甜卡车
——Dear truck
确实是太勾人的妙译
想起幼时常见的农用小卡
在乡村机耕路上摇摇晃晃开过
装着满满新收割的甘蔗
那时太阳红红
尘土飞扬
一个邻家小男孩刚刚欺负了你
你扎着两条羊角辫
正高高坐在一大捆青皮甘蔗上
也摇摇晃晃
像甜卡车嘎吱嘎吱

你嘤嘤地哭
青皮甘蔗长长
尘土飞扬

情　书

我和你一样独处
白天与夜晚一样安静

一年仍有四季
蒙面的冬天更加漫长

道路和天空越发宽阔
熙攘的人心从未改造

河水还在石上流淌
石头那么多棱角多像你尖尖的指甲

从前的小村多么遥远
如今的你就在马路对面

蓝天白云也多么遥远
而我却只能远远相望

划伤的永不止河水
汲水的人也已永不再来

我爱你，爱你的流言
越来越逼近真相

十姊妹[①]

中年喜欢细小的事物
养一两只小猫小狗
看门前一地小花
深粉红色，带刺的茎上有十朵
十姊妹，多么亲切的名字
忽然想起那一年茂密的竹林
母亲带着我在林中穿行
我的脚踢到了笋尖上
笋尖断了
我的脚生疼生疼
母亲背起我
我抬头看见竹枝上有吱喳的小鸟
黄昏来临
十姊妹在成群结队
细小的事物总让人怀念
像深夜里看见过的满天繁星
那时我还年幼
母亲还年轻

---

① 十姊妹：花名，蔷薇科的一种，也指一种体形较小的鸟。

穿堂风

每年这个时候
我就去老家看母亲
去当面唤她一声母亲
去当面应答她唤了我半辈子的乳名
与她一起杀鱼
吃饭时看她一筷筷地夹菜给我
看她的黑发一年一年地变白
她的皱纹一年比一年
密密麻麻地缠绕我心
她的咳嗽仿佛梦中我的咳嗽
她的步履越来越像我
咿呀学步的蹒跚
可我跌倒了
当初有她搀扶
她若跌倒了
如今我不在她身侧

我知道
我在人间正享受这样的福
很多来日在一天天缩短
就像幼时的老屋落满了星光

就像眼前入夏
稀落的花朵
正摇曳着穿堂风

索　求

立冬日
又看见母亲在念佛折元宝
花白头发下永远如一的念祷
“菩萨保佑，平安健康”

我不是佛陀的信徒
我自私的爱不像她那样单一
面朝大海会祈愿春暖花开
仰望星空会祝福流星雨来
遇见财神庙总忍不住焚香
邂逅美好风景情不自禁驻足

现在，我眼前就有一棵紫槐
紫色的花儿早在夏末远去
满树繁华随北风凋零
如今这光秃秃的树干

多像我向世界伸出的空空双手
春夏时，获得
秋冬时，失去

老父亲

植树节应是过了。门前的小径
往熟悉的水边延伸。昨夜的雨
是新下的。眼前一垄垄新开垦的泥土
这一排歪歪扭扭的桃树崭新

我的老父亲在田埂上吸着旱烟
一只灰斑鸠在近处跳跃。运河岸的阳光
金色而蓬松。一个多么孤独
而憧憬的国王。他的士兵才刚刚列队
他的粮食正准备生产
他的铁器不准备再生锈

多么耐心的春风。从田野
裸露的一个个伤口上拂过
“湿漉漉的黑色枝条上花瓣数点”①
远山与远山隔开
枝丫与枝丫是那么陌生

我的老父亲，他爱的季节

---

① 引自庞德《地铁车站》诗句。

都是被汗水一一修剪过的
好像那粉面桃腮。以及
那姹紫嫣红

拔

“种田不如种花”
那时暮色已收拢
蛙声在栅栏外撞击，跳跃

——父亲下了这个瞬间的定论
侍弄完禾苗的大手
正在侍弄着盆里的一些花

外面的禾苗仍只是禾苗
而眼前的花朵却开得艳丽
岁月太沉了。白昼与夜晚

压弯了这个男人的腰
不同的是——
现在他终于可以

把腿从运河边的烂泥里拔了出来
而星星，渐渐明亮。她们
也从夜色里拔了出来

等

我在离学校不远的郊外等
等儿子中考考完
这是初夏，阳光趋近成熟

仿佛大运河里刚刚打捞起来的网
在空中嗞嗞作响
万物在一个劲地往上，往上

远处树杈上有白色的翅膀
扑棱棱飞起，落下，又轻轻收拢
周围越发安静

我等待的好时光
漫野的格桑花
这些正从大地升起的烟火

而天空在慢慢撤退

他身后的蓝——
多像一个中年父亲的祈望
高远、虚无，又这样地契阔

小满三候

我来看你时
你在门前地里侍弄苦菜
夏日渐盛，靡草已成金色
屋檐下燕子的爱巢筑得圆整

去土，除草。阳光逐渐上坡
而我站在身后
南风来，远处的麦田起伏
麦穗青涩的小乳房正在饱满

微微摇晃，挂在低矮枝头的浆果
而我就站在身后
夏日一天天新，苦菜带甜
我们一起遮住泥土

一些轻轻放倒的苦菜
她们羞涩，她们也在身后

搬　离

一辆搬家的车
从这个小区往新小区搬离
路过的花店
一束束玫瑰曾从那里搬离
喜欢远处的火车
把我们的脚步和眼界不断搬离

我们多么热爱的大地
把山川、雨雪、草木荣枯搬离
我们天天仰望的天空
把日夜、星辰与清风白云搬离
这些虚度的美好时光呀
把陪伴的一个个日子也悄悄搬离

如今，我的手不够有力了
只能，用这些粗糙的文字
把想你的灵魂，从大脑搬到纸上

如同你，多年前
用一颗望得到底的心
把另一颗心，从青春的独居之处
搬离

月亮是太阳的复制品

分居两地
再也不见
她却念念不忘
他的爱
他一分一厘的好

她夜夜复制
他的模样：
一样的颜色
一样的行走
一样地照着每一间空房

唯一的区别是：
她冰冷已久的身体
再也不能
——燃烧起来

猫和女人

一只猫儿躺在阳光下
打理自己
用它的方式：舌头舔，爪子挠
慢腾腾地，那么认真，周详

一个女人端坐在梳妆台前
涂胭脂，抹口红
细细画那两弯新眉
梳理着一头长发

尘世间的爱美之物是多么相像

只不过梳子代替了舌头
那秀气的白嫩爪子
一遍遍地从上至下
也是慢腾腾地，那么认真，周详

山　伯

在万松书院幽居
走过的新路变成旧路
见过的人都是些旧面孔
我独坐饮茶，忆及风物
看成双成对的蝴蝶
日子一再荒废又重复
除了登高，让远处的湖泊拉近距离
除了打开窗，让东晋的日月落进来
我还能想起哪些往事

我有十八里相送的小径
林间灌满了短亭长亭
多么空荡的朝暮
那晚明月正照着另一个人
那人忽然唤道：山伯

你有薄薄的衣衫
你轻轻扇动翅膀

街　骂

昨天我看到一个女人
鱼行街牵着一条狗
大骂一个离去的背影：

和某些人接触的时间越长
我就越喜欢狗
这狗永远是狗
人……

声音如此尖锐
一块玻璃在窗框上站立不稳
掉了下来

我不知其名

太多鸟儿从眼前飞过
我不知道其名字
太多草木供养我呼吸
悦我心情
我不知道其名字
太多路过你生命者，或耳闻或目睹
很快又不知去向
我不知道其名字

那些煌煌大名者，
还要天天如雷贯耳
这些不知名者
明明从你眼前一个一个消失——

我突然莫名地想哭
又一只鸟儿从这个世界无名地飞过

我不知道其名字

握刀者

草总是显得卑微，贱命
拥有一寸泥土，给一点水分
她们便随处可见，随遇而安

春天到了，她们又长在了羊群的嘴里
羊咀嚼着，多么安逸
像在咀嚼草经历了多少风雨

羊吃够了，就把自己献给刀
刀切割着羊，就像羊咀嚼着草
多么幸福的割羊的刀

肥美的羊，丰美的水草
这些任人宰割的运命。

而那些握刀者
他们又将被谁所握

未钓者

河边的步道上
行人稀稀落落
行道树笔直地指引着远处
斜阳里落满了松针
一只黄雀孤单地站在枝头
不群者习惯于形单影只
就像桥头那个垂钓的人
一无所获又一动不动
天空有看不见的飞鸟痕迹
平静的水面犹如平静的生活
也有看不见的钩子和暗流
而我注视这河边的暮晚
冬日是那么安静、博大又慈悲
仿佛一个鲜红的浮标
站在暮色的水中
渐渐下沉渐渐入定
世间有多少尾鱼
像我，仅仅张了张嘴
又从看不见的一日之钩中
侥幸游过

城市河埠头的洗衣妇

对面河埠头一个洗衣的妇人
她沉默地洗衣，并啪啪挥动一根棒槌
在江南，这样的场景我已忘记多年
如今只在记忆的影片中浮现
哦，这个在二十一世纪城市河边洗衣的妇人
洗得那么专注，那么旁若无人
好像整个河道只属于她一个人

而被洗涤的河流已回到山林
这一刻应该有喧哗的泉水，卵石堆满山谷
老头儿应该在不远处瓦房前晒着苞谷
车流，大厦，厂房，学校，出租房
憧憬，还有迁徙和逃离
应该还在远方。尽管后来
是它们把亲人们拉近在了咫尺
几只杜鹃忽从草木间跃起
松针从枝头簌簌落下
时代的水面总是充满多彩的泡沫
聚拢又消散

这是一个杭嘉湖平原的早晨

在石砌的河埠头旁，城市的各种喧嚣正来来去去
冬日的河面无风。家乡的一口深井
她继续蹲下身去
一条过去多年的山中溪流
正被一个专注于往事和尘土的人
轻轻捶打，捶打不停

河流从远处奔向人群

开窗。看见晨曦中的寒霜
石头上鳞片闪光
冷呵，冷，叶子一片片往下
向出生地，也是墓地逃亡

冰封在即，冬日是那么安静
外面的一切像冷空气一样沉降
而北方的一条河流从远处奔向人群
她的船没有喧嚣的帆
她的网在暗流里追捕不睡的鱼
她洁白的胸脯在寂寞的高杆上摇晃

只有酷寒让太阳如此可亲
只有酷寒让春天如此逼近

陆守忠传[①]

一

每年的腊月二十四
二十四年前的那个夜晚之后
就是一个祭日
我都要在纪念的祭台上点一根你钟爱的烟
在青烟缭绕里
一遍一遍地怀念你

二

你是 1921 年生人
一个富农家庭独子
可八岁死了爷，九岁死了娘
祸不单行的变故
天堂的玉转眼成了人间的土
本家们瓜分了属于你的财产
也收留了你这个天底下最苦命的儿

① 祖父陆守忠，1921 年生于浙江桐乡，孤儿，后成家立业，腿上有日本人留下的枪伤的抗战老兵。2000 年 1 月 30 日凌晨因脑溢血驾鹤西去。

你常说你是吃百家饭长大的
天可怜见是记不清小辰光爷娘的模样

跟你的大孙子絮叨这些往事时
你的眼睛像蒙着浓雾的湖

三

那个年月不太平
你十三岁时被抓去当了壮丁
逃回来后又成了人家长工
你说主人家好
只让你干活，不打你不骂你
因为你爷娘活着时也待长工好

十七岁时日本人打进来
无依无靠的你又被抓
这次是抓去参加抗日的中央军
“在嘉兴跟日本人打了一仗”
说到这里你眯缝的瞳孔总放出光亮
像田里的野火在熊熊烧
——“小腿上中了一枪”
你撸起裤管给你的孙子看腿上的伤疤
嘴角透着陈年老酒般的骄傲
“长官说我是孤儿，负伤后放我回了家”

自打小时候
泡在这些故事里
我就记得你当过兵打过仗
还是吃过日本人子弹的中央军

四

中华人民共和国成立后，你这孤苦伶仃的小伙子
东山桥村，你日子最苦
一个破草棚，再挺括的“长脚阿五”
三十多岁才娶到邻村一个傻姑娘做老婆
你们没有生养
你就领了沈家滨的一个男孩做儿子
无锡一户潘家逃难到了梧桐乡稻乐村
好几个女娃子活不下去要送人
你又去领了一个女孩给男孩做伴
他们从小青梅竹马
他们后来成了你的儿子儿媳妇
再后来，他们成了我的爷和娘

苦难的年月
一个孤苦的人
带领一群苦命的人儿
终于组成了一个完整的家

五

打小就听你讲共产党好
人民公社时，我们家人少
你养子个头矮人老实，老被欺负
富饶的杭嘉湖土地
一家子到年底，也只能勉强撑个温饱
包干到户后
你的儿子儿媳妇终于替你翻了身
特别勤劳争气的我爷和我娘
堂堂正正老早让你住进了三间三进深的砖瓦房
而那时候的我
还记得经常跟小伙伴们去掏别人家的黄泥墙
黄泥墙上掏蜜蜂
别人家黄泥土墙上盖着茅草在风中呼啦呼啦叫
那时候的你
一米七八的个子走路好像碰着天
别人口中的“长脚阿五”终于变成了“五爹爹”

可惜才刚刚吃饱一口饭
很亲我很疼我的傻子奶奶就殁了
血吸虫病引起的肝腹水夺走了她才五十六岁的命
葬礼前黑漆漆的棺木那么瘆人，似乎还停在遥远的东厢房
你那么早失去了老伴，苦命的人总是那么苦命

老天爷连一个傻老伴儿都要那么急急忙忙从你身边抢走
但又有什么呢？什么都击不倒你——
因为你不再是孤单一人，你已经有了我们

人这辈子总会不断有新伤口
有些伤口就像你抽的老烟
抽的时候感觉得到
抽过就烟一样轻轻飘走

六

那时候的你
老带着我去鱼行街趁街老
我吃着你买的油条
“这是我的大孙子”
你笑眯眯地喝早茶，响亮亮地跟人打招呼
放学回来
我和弟弟最爱去翻你的上街篮子
里面总有一些给我们的烧饼或软糕

双抢最忙的时候
你是我们家的后勤部长和炊事员
种田腰疼的时候总爱直起身来看看田埂
那远处走来一个高瘦的人影
拎着一筐子米粥和茶水
是我记忆深处最爱的风景

夏夜乘凉

你躺在油光铿亮的竹躺椅上，我躺在竹匾上

一起在自家已被你用井水冲凉的稻场上看星星

那时夜空特别深蓝

那时萤火虫总是从南边槿树头上飞过来飞过去

还有一只小小收音机里的《岳飞传》《杨家将》

“小朋友们，小灵通又广播啦！”

那时我最爱吃你烧的大豆烧肉

还有咸肉菜饭

有一次半夜梦魇

父母还在外面稻场上隆隆打稻

弟弟在南边床上酣睡

我满头大汗哭着喊妈妈

是你把我抱到了你的房

一直哄着我 讲着宗扬将军的故事

哄我甜甜蜜蜜又入了梦乡

哦，那些永远远去不可能再回来的故事

七

1991 年，你又带着全家搬了新房

你特别勤劳争气的儿子儿媳妇

全村第三家造了四间两层的楼房

前面还有三间大屋和一个大院子
苦命的“五爹爹”终于在70个春秋后上了楼

幸福的晚年
你酒量增了，抽烟频了
经常有机会有点小闲钱跟老人们玩玩牌九了
最让你高兴的是——
住进新楼房第二年
你最宠的大孙子提前保送上了大学
你逢人就说“大孙子跳出龙门了，做街佬宁了①”
陆守忠老人，那时你多么骄傲
像你自己做了城里人一样自豪

日历又翻过两年
你的大孙子毕业了，工作了，谈女朋友了
很快，两个孙子的女朋友都领进门了
你的酒量又增了，抽烟更频了，讲话更响了
多么幸福的老人

八

千禧年1月24日那个寒冬的早上
快过年了
近在咫尺的寒假就像屋外叫嚷的那只乌鸦

① “街佬宁”，桐乡方言，指城里人。

以及脚下这些薄冰一样切近
我发动摩托车准备去上班
忽然听到“阿强，天冷，你开车慢一点啊——”
你从窗户里传出来的声音今天仿佛还在耳畔
清晰又慈爱
怎料到这是你在人间给我留下的最后一声关怀
怎料到这是你给你大孙子的最后一句遗言

十点接到家里电话——
“你爷爷在医院，脑溢血，快来看最后一面！”
我在办公室，手里的杯子碎了一地

赶到离家最近的中医院
一家人全围在你身边
医生告诉我，人已经不行了
脑子里全是血
若劈头开颅动大手术可能会马上去了
保守治疗也许还能身体存活一段时间
“好好陪陪他吧，他脑子可能还有些意识……”

我望着紧闭双目的你
黑瘦，苍老，眼角分明含着泪的痛楚
那么遥远那么熟悉那么逼近那么地痛不欲生

你不是说要看大孙子娶漂亮媳妇进门吗

你不是说要帮家里抱元孙吗
为什么早上好好道别的你却突然躺在这里
对你宠爱的大孙子不声不响不言不语……

此后一周是你在人间苦难地弥留
像一盏风中飘摇行将熄灭的灯
植物人的你一动不动气若游丝
你这辈子的本家远亲朋友们都来看你

我只是默默地陪在你床前
我是一个不孝的人
我的确没有给你尽过一天让你看得见的孝
哪怕只有一点，像我设想中有一天的温情
你老了，走不动了，给你端杯水喝，
给你夹一块你最爱吃的红烧肉
你病了，陪在你床头，
给你放收音机里你最爱听的京剧……

可如今，告别是这样地突然
这样的决绝，以这样冰冷的方式
我做梦想不到，全家人都做梦没有想到
你自己肯定也想不到……
最亲的人都来不及尽孝……
一块自己天天照的镜子
突然就这样碎了满地

一家人的心被割得鲜血淋漓

那年腊月廿四凌晨
我在你床前，长跪不起，
一个从来不哭的人哭得呼天抢地
所有的泪水和哭喊换不回来你再对我开口言语
哪怕再只有一句，哪怕再一个字
你带着虚龄 80 年的苦难和幸福
走得无声无息

人世间你永远不知道下一秒将发生什么
生命中有些错过再也无法挽回

千金难买老来瘦
你那么清瘦，一向健康
老天爷一直照顾着你这个曾经苦命的人
让你陆续拥有了人间该有的幸福
你应该长命百岁才对
为什么离开的时刻走得那么匆匆
那么无情，那么令人心碎
快过年了，别人的幸福洋溢着千禧的新年
而我的慈祥却离我远远而去
我们全家的慈祥离我们远远而去

那一个冬天，那一个新年

多么巨大的一块难以融化的冰

九

每年的腊月廿四
天都是那么冷
怀念也从未半点融化
你的忌日
我都会在祭奠你的时候
给你敬上一根你最爱抽的烟
烟越来越中华
人间也越来越新天地
不知道你是否习惯和喜爱
几回回梦里看见你
你依然在田埂上孑然而来
清健、枯瘦、步履缓缓
带着慈祥带着和顺带着亲切的笑
我知道
你一直佑护着我们
你也知道
我们一定会纪念和祝福在天国的你
譬如
这篇二十四年后姗姗来迟泪流满面的祭文

天国的故人
祝您永享天福

世间的我们

愿人人懂得珍惜

后 记

我与诗十悟

我一直认同，“诗是言之寺”，庄严神圣；一个诗人，无以诗，何以言。因此，一直以来，我只埋头阅读与写诗，从不发表什么诗歌方面故作高深的空话和艰深的理论，坚信以诗代言就足够。这次出版第三本诗集了，出版社编辑希望我为这本新书说几句，我就理一理诗与我的半生缘吧，简单谈十点想法。

天真与顿悟

我写诗，始于一场天真的相遇。初二那年，席慕蓉的《青春》像一粒种子，不经意间落进少年的心田。那些分行文字，藏着对时光的惊诧与对美的悸动。那时的我，在笔记本上抄诗，如同信徒誊写经文，虔诚又笨拙。高中时暗恋某个女孩，诗句成了无人知晓的情书，藏在抽屉深处，羞惭却炽热。

大学时，湖州师专的“远方诗社”接纳了我。沈泽宜教授讲现代诗，声音如钟磬，震得人心头发颤。可惜青春太匆匆，写诗不过是风花雪月的边角料。毕业后，我成了一名中学语文老师，奔忙在教学与行政的第一线，二十二年未再提诗笔。直到2017年援疆归来，调入机关，八小时外的空白里，诗歌忽然像老友重逢般，敲开了我中年的门。

为何中年写诗？或许因为半生颠簸后，终于有了凝视生活的余裕。在新疆，大漠孤烟与江南烟雨在心头对冲，戈壁的粗粝思念着水乡的温润。某个煮水的黄昏，屋中水壶的悲鸣与窗外星辰的沉默，让我顿悟：诗不在远方，而在脚下每一寸不起眼的泥土里。

偶得与执念

我的诗大多是“偶得”。灵感像黄雀，倏忽掠过枝头，留下一阵扑棱棱的响。我不信苦吟，也厌恶刻意雕琢。写《踏空》时，窗外竹枝上的雀儿踩空，那一瞬的轻盈与危险，恰如中年人生的隐喻。写《栅栏》，是因某日倚栏远望，忽觉自己与栅栏一样“虚空无用”，拦不住风，也拦不住两鬓渐生华发的时光。

胡弦兄认为我的诗：“平实的语调中，总有某种深沉的离心力在提炼和析分生活的真谛，同时又让人体会到沉甸甸的隐痛和纠缠，它们既是光线，也是尘埃，既是‘暗物质’，也是解毒剂。”他读诗目光如炬。这些年，我不仅从自然与哲思中汲取养分，还对生活的裂隙加强了聚焦与凝视，比如写《鹏鹏》《灰鹭》，挖掘了自然之中的诗意，又提取了生活的痛楚。写诗越久越明白，所谓“真”，不只是风花雪月，更是直面人间的“疼”与心头的“痒”。

虚名与实心

所谓“成就”，发表、获奖、出书，这些“虚名”像潮水，涨了又退，很多人趋之若骛，乐此不疲。我始终抱以警醒之心。2019 年写诗不久，《踏空》登上《诗刊》“@首诗”栏目头条；2023 年写作六年，顺利加入中国作协；2025 年获邀参加第十六届四川广安“青春回眸”诗会，第三本诗集《踏入同一条河流》又即将出版……旁人看来，我似乎火速有了点“名声”。但于我，写作始终是“打发多余时光”的自娱。农民种地不问收成，一个业余诗人写诗何须计较掌声？

若说有什么实心的收获，那便是微信公众号“一见之地”的创办。最初它只是作品自留地，如今成了诗人们的“瓦尔登湖”。在这里，我读诗如读人，见字如晤面。流量时代，我们坚持纯粹，仿佛守护最后一盏不灭的灯火。

小我与大千

得提及一下作品，但我满意的实在少之又少。一个诗人，对自己的作品，永远感觉不满足。《煮水的黄昏》里，那只“饥饿的容器”是我对生存的叩问；《旷野之诗》中，“徒有天下之大，却有空旷之悲”是中年心境的投射。而新著《踏入同一条河流》，沈苇老师说这“是对赫拉克利特的一次反驳和修正，体现了在‘变’的哲学中持守诗的‘不变’信仰”。他有一双慧眼。

写得最用情的，却是文笔朴拙的《陆守忠传》。写祖父的一生，如写一部微缩史诗。孤儿、壮丁、抗战老兵、苦难与坚韧……这简直是祖父版的《活着》……那些泛黄的往事，在诗行中重新鲜活。写完最后一字，我伏案痛哭。诗，终究是诗者的还乡之路。

容器与刀刃

写诗七年余，老是有人问起“诗观”，我也一直在问自己：诗是什么？在此就作如下答：

是“我在这里”的告白，是“一握之感”的徒劳，是“煮水黄昏”里煮沸又冷却的那把容器的孤独。它不必道破真理，只需如月亮映在千口井中，让每个打水的人照见自己的影子。

我追求“真善美”之本质，但更警惕廉价的抒情。写诗确有技巧，但技术如鸟之左翼，而思想如右翼，缺一不可。若硬要取舍，我选“思想的锋芒”。一首好诗，当如高手用刀刃轻轻划过皮肤，留下看不见的血痕。这一点刘川兄做得好。

群与不群

诗坛如江湖，有人抱团取暖，有人孤舟独钓。我创办“一见之地”，是为在茫茫湖心建一座长桥，连起独行的岛屿。曾与杨键兄对话，他问：“为何写诗?”我答：“对抗庸常。”与陈先发先生探讨，他直言我的诗“个人性尚不足”。这些碰撞，让我清醒：诗人既需“群”的滋养，更需“不群”的定力。

难忘4月刚参加的“青春回眸”诗会。在美丽的广安武胜，台上台下，知天命的我与青少年们同诵诗篇；席间会后，又与年逾古稀的叶延滨、高旭旺等前辈交流诗见。那一刻，诗歌消弭了年龄的沟壑，我们都在语言的密林里，寻找同一只美丽的夜莺。

稻粱谋与望星空

我是业余诗人。白天，我是教育工作者，主要工作是学校管理和教书育人；作协主席是兼职，利用周末等空余时间组织文学活动，改稿，扶持新人。夜晚，我是煮字的人，在台灯下捕捉灵光的点滴。有人问：“工作与写诗，孰轻孰重?”我笑答：“若工作是稻粱谋，诗便是抬头望见的星空。”

周末去菜市场，看鱼虾蹦跳，听市井喧嚷。屠夫的刀、妇人的讨价还价、孩子的跟随嬉闹……这些人间烟火碎片，比书斋里的冥想更接近诗的本质。

向死与向生

很少谈论生死，五十而知天命。1998年那场车祸，让我与死神擦肩而过。昏迷前最后一念是“我完了”，醒来后第一念是“且活且珍惜”。从此，握紧方向盘如握紧命运。

人生半百，我信“向死而生”。教书，写诗，办公众号……每件事都像在悬崖边种花，危险却美得惊心；而家人之爱、朋友之情……又让我得到无限温暖和助力。若有来生，我愿早早开始写诗，把青春、中年、暮年都长成一行行带刺的玫瑰，酿成一杯杯陈年的美酒。

根脉与天空

当代汉语诗，正站在传统的根脉上与西方对话。我们读米沃什、里尔克、施奈德，但也该重读李白、杜甫与王维。古典的“诗言志”与现代的“个体性”并非对立，而是同一棵树上开出的两朵花。

在人工智能时代，我期待诗歌能够重返她的原乡，回归“人味”，少些修辞杂耍，多些血肉体温；少些圈子互捧，多些直面众生的勇气。好诗如好茶，像一杯梅家坞的明前龙井，入口微苦，回甘悠长。

代表作与喜欢即可

写诗的人，终究是孤独的。我们犹如行走在大雾弥漫的群山，在语言的呼喊中寻找同类，又要时刻警惕这呼喊沦为回声。陈先发先生期待我写出“代表作”，我一直为之忐忑。一个诗人要写出一首众人皆知、高辨识度、高流传度的“代表作”真的太难了，但一个真正优秀的诗人必须要有追求，要有诗歌理想，要有拼尽一生也得写出一首流传之作的野心！想不想是一回事，能不能实现那是另一回事。或许，属于我的那首《丹青见》正在某个黄昏的厨房里，在母亲折元宝的指尖上，在儿子求学的教室外，在我与爱人对一条大河的凝视中……

我喜欢执浩老兄这句话：诗歌写作之于陆岸，更近似于某种修行，每一次的完成都让他更接近真实的自己。

诗，是我与世界的私语，也是留给时间的遗嘱。若有一天，我的某首诗能在身后十年被人偶然提起，像风掠过旧书页的一角——那便足够。

希望这本新诗集，能够有人喜欢，至少喜欢其中一首……

2025 年暮春，于桐乡优优花园

图书在版编目（CIP）数据

踏入同一条河流 / 陆岸著. -- 武汉 : 长江文艺出版社, 2025. 5. -- ISBN 978-7-5702-3440-0

Ⅰ. I227

中国国家版本馆 CIP 数据核字第 20253EZ509 号

踏入同一条河流

TARU TONGYITIAO HELIU

责任编辑：王成晨　　　　责任校对：程华清

封面设计：祁泽娟　　　　责任印制：邱　莉　王光兴

出版：长江出版传媒 | 长江文艺出版社

地址：武汉市雄楚大街 268 号　　　邮编：430070

发行：长江文艺出版社

http://www.cjlap.com

印刷：湖北新华印务有限公司

开本：880 毫米×1230 毫米　1/32　　印张：6.5

版次：2025 年 5 月第 1 版　　　2025 年 5 月第 1 次印刷

行数：3837 行

定价：68.00 元